最強の黒騎士、♂♀戦闘メイドに転職しました

4

百門一新
Momokado Isshin

イラスト
風華チルヲ

「――お前ら、覚悟は出来ているんだろうな」
一同を瞳孔の開いた目で見据えたまま、そう呟いて掌に拳を叩き付ける。直前まで騒いでいた彼らがこちらを見ている様は、落ち着きのない黒騎士部隊をいつも拳一つで教育していた頃に見ていた風景と重なって、どこか懐かしいようにも感じた。

ああ、誰も死んでしまわないで
良かった。
三人の元部下の楽しそうな声を
聞きながら、マリアは心の底から
そう思った。

最強の黒騎士♂、戦闘メイド♀に転職しました 4

百門一新
Momokado Isshin

イラスト
風華チルヲ

最強の黒騎士、♂×♀戦闘メイドに転職しました 4

CONTENTS

百門一新

イラスト 風華チルヲ

プロローグ

最強にして最凶の【黒騎士(くろきし)】と呼ばれていたその人は、穏やかな春風のような方でした。
出会った時には既に、実績も経験もかなりお持ちでしたが、不思議な事に自分の屋敷の一つさえ持っていない人で……私の目にはそれが、土地に居着かずふわふわとしているように映りました。

だから、いつか、ふっといなくなってしまうのではないか、と。

いつからか私は、そんな風に、失ってしまいたくないとも思うようになりました。

尊敬している人は、何人かいます。

でも、『主人』ではない一人の隊長として、そして軍人の先輩として追いかけた人は、彼が初めてでした。目に映る風景に温度があると教えてくれた人だった――。

こんな男もいるのだなと、唐突に私の目の前に現れたような人でした。

だから、もし春の風みたいに消え去ってしまったら、と思ったのかもしれません。

「モルツ、平気か？　かなり高いところから降ってきたような……」

何度も教えているのに、あなたは何度だって心配して訊いてくる。

平気ですよ、痛みはない。昔から私は、感覚だとか限界だとかが理解出来ず、物心付いた頃から身体の色々な部分を壊してきました。そのたびに医者も驚く回復を遂げ、いつの間にかひどく頑丈になっていった――ような気がします。

自分にも興味がないので、そのへんもよく覚えていません。

素晴らしい『主人』に出会い、彼の野望に巻き込まれて世界が少し変わった。そして【黒騎士】と呼ばれていたあの人が差し伸ばしてくれた優しい手と、本気で叱り付けて殴ってきた手が、私の世界に初めて眩しいくらいの鮮明な色を付けた。

ねぇ、知っていますか。

私だって、あなたが帰ってくるのを待っていたのですよ。

帰還を待っていたところに届いたのは、あなたの訃報でした。何事にも揺らぐ事のなかった私の冷たい中身が、初めて大きく軋んで温度を感じさせました。

私はその時、生まれて初めて『悲しい』と『寂しい』を知りました。

十四章　黒騎士部隊の四人、始動！　～長い一日の始まり～

ジーンの発案により、急きょ元黒騎士部隊三人による臨時班が結成される事になった。

そこに、現在ルクシアの方に回っているメイドのマリアも加わる。

近衛騎士隊長のヴァンレットを動かせるよう予定を調整してあった事から、ジーンが事前に計画を用意していたのは分かる。上手く乗せられたようでやや癪ではあるが、その提案内容は魅力的で、こちらにとっても好都合な話だったので異存はない。
・・・・・・・・国王陛下の頭脳という立場にあるジーンを引き込めるなら上々だ。ついでに、あの『ポルペオ師団長』に元黒騎士部隊が参入する事を直接知らせておけ、とモルツを使いに出した。

それから一通りハーパーの件の段取りを立て、必要になるだろう人物と部隊へ伝令を送るまでの事を手短に済ませたロイドは今、マリアが気になって仕方ないでいた。

すぐにでも動かないといけないのは分かっている。

だが執務室で、しばし動けず真顔で考え込んでしまっていた。何しろ、こうして一人になれる時間というのも貴重だ。モルツが戻ってくるのがちょっと遅れればいいのにな、などと思っていたりもする。

『……ッ、…………………殺してやりたい……』

先日の会議で、そう呟いた彼女のくぐもるような声をハッキリと覚えている。あれは本心だろう。演技ではないと、見ていた他の友人たちも感じたはずだ。

普段はにっこりと愛想笑いを浮かべて、平然としているマリア。

戦闘メイドとしてやたら肝が据わっているせいか、侯爵家令嬢付きのメイドであるのに、こちらに対しても時々失礼なくらいズケズケと物を言う。悩みなんてないんだろうなというくらい元気で、いつも何かしら騒ぎを引き起こしている風変わりな少女だ。

でも、あの時初めて、奥底にしまわれていた感情を曝け出した彼女を見た気がした。

泣きたいのに泣けない、というような悲痛な表情をしていた。あの時は、らしくなく、つい、やめろモルツ、と言いそうになった。

オブライトと同じ筆跡、どうして毒の事を知り得たのか、その死んだ人間との関係性はなんだったのか……マリアに関しては、冷静に考えなければならない事が多過ぎる。

本来あり得ない事だが、この自分がその一挙一動に心を揺さぶられている。おかげで、彼女に関しての謎や違和感にまで思考が回らないでいた。

マリアは見た目が十四歳くらいで、美人でもなく身体付きも貧相で色気は全くない。だというのに、「イケメン」「可愛い」と謎の衝撃がいちいちガツンときて、普段の冷静な思考が停止してしまう。それを友人たちに知られないようにするだけで精一杯だった。

ジーンが直に動いてくれるので、仕事がだいぶ楽になる。

その分の手間が省けて好都合、と彼女を見送ったまでは良かったのだが、ここにきて今更のように気になって仕方がないでいる。たとえば、ジーンが唐突に「マリアは、俺の一番の友達」と言ったうえ、こうしてあっという間に連れて行った事とか。

「くそっ、あいつが珍しく落ち込んでいるみたいな顔をしていたから、強く出られなかっただろうが……！」

らしくなく独り言を口にすると、執務机の上で組んだ手を額に押し付けて呻いた。

先程集まった時、マリアは『協力させてください』と言おうとするのを躊躇っていた。

普段の何も考えていない、空気の読めない馬鹿みたいなところはどこへやったのか。何よりも簡単なその言葉を言うだけだというのに、切り出す前から落胆を滲ませていた。

そこまで信頼されていないのか。手放すはずなんてない、当たり前だろう。

そうムカムカとしたところで、まだ出会って少ししか経っていないのだと思い出した。

彼女は、付き合いの長い友人の一人ではないのだ。

「…………それでいて、なんで俺は『会えなくなる事にさせてたまるか』などと思ったんだ？」

再び頭の中に浮上したのは、ここ最近ずっと悩まされているロリコン説だ。

その時、自分には向けてくれない彼女の作っていない笑顔の事が浮かんだ。この前もヴァンレットにはかなり優しそうで、困ったように笑って手を握らせていて――。

というか、あいつ、俺と話してくれてなくないか？

ふと気付く。そもそもそんな時間や機会なぞ、ずっと取れないでいる。おかげでこの前、押し倒した件もすっかり有耶無耶に……そう思い返してしまったロイドは、プツリと自分の思考が限界にきて切れる音を聞いた。

思考がピタリと停止してしまったところで、モルツが戻ってきた。

個人的な事を考える時間は、またしてもそこで終了してしまったのだった。

一

それから少し過ぎた頃。

王宮を出た『臨時班』のマリア達は、ザベラの町に到着していた。比較的足の速い馬を売りにした乗合馬車で向かうと、二時間ほどで着く距離にある小さな町だ。

王都を挟んで、アーバンド侯爵領とは逆側にあるその町は、一般市民層の商業区の一つで、昔ながらの手職人が細々と商業生産に取り組んでいる。

隣接する砂丘から細かい砂が風に運ばれて、年中地面を砂色に染めている町だった。砂避けとしてローブを着用する者も多く、行き来するのは大抵が商人関係者だ。馬車の停車場がある町の外れは、居住区もないため人通りは少ない。

マリア達は、その町に入ってすぐの場所で馬車を降りていた。商業の納品搬入が多い土地柄という事もあってか、道は二部隊が並んで行進出来そうなくらい広い。午前中の中途半端な時間の日差しを受けて、砂を運んでくる風だけが侘(わ)びしく吹き抜けていた。

そう、距離にするとたったの二時間だ。

その間はずっと乗合馬車に乗っていたわけだが、正直ナメていた。

たまらず休憩したくなって、近くにあった食堂へ入ったマリアは、四人掛けの円形テーブルについて早々、愛想笑いも浮かべず丹念に目頭を揉(も)み解(ほぐ)していた。その向かいに腰掛けたジーンは、珍しく疲労感たっぷりの様子で、組んだ手に額を押し当てて沈黙している。

「…………なぁ、ジーン。あいつ、殺していいか」

「…………どっちの方？」

ややあってから、ジーンがのそりと顔を上げてマリアを見た。かなり殺気立っている彼女の様子を目に留めると、乾いた笑みを浮かべて「わー」と棒読みで言う。

「親友よ、睨まれているテーブルが割れそうな殺気だなぁ」

「正直言うと、テーブルを割るくらいで収まる苛々じゃない」

「うん、そうだろうね。組んだ手がギシギシ言っていたもんね」

乗車中を思い返して、ジーンは宥めるような口調で続けた。

「まぁ気持ちは分からなくもないけどさ、ひとまず落ち着こう。俺としてはさ、ニールは縛って、ヴァンレットの口を塞いどいた方が良かったような気がしたなぁ」

言いながらガリガリと頭をかいて、ここへくるまでの苦労を表情に浮かべる。

「なんつうか、ヴァンレットがアレを連発するのも久々過ぎて、実を言うとそっちに関しては予想外だった……はぁ、俺も歳かねぇ、ちょっと体力的にきつかったわ」

それほどヴァンレットの気は抜けていたのだろう。この前の飲み会でも、せいぜい二回くらいしか発言していなかったのになぁ……とジーンは口の中に呟きをこぼした。

「なぁ親友よ、この面々だから気も抜けて連発された気もするんだ」

「何が言いたい？」

「うん、つまりね——ヴァンレットにはバレてんじゃね？　もうこれ、当時の『隊長構って』レベルで、ホント十六年ぶりくらいにひっどいわけで」

「んなわけないだろう阿呆（あほう）」

マリアは、ズバッと言い切った。真面目（まじめ）な顔を向けてくるから、一体何を言うかと思えばそんな事かと、黒騎士部隊の元副隊長だった相棒ジーンを見つめ返す。

やはりヴァンレットに関しては、ただただ十六年前と変わっていないだけだろう。疲れて考える分の体力もなかった二人は、そう互いの意見を一致させて溜息（ためいき）をこぼした。

その時、カウンターにいたニールが、ヴァンレットと手を繋（つな）いだまま戻ってきた。どうやら注文を終えたらしく、残り二つの木製の椅子を引っ張って腰掛ける。

「お嬢ちゃん、やっぱり慣れない乗合馬車は疲れた？」

そう声を掛けられたマリアは、ゆらりと穏やかではない目を向けた。

目が合ったニールが、きょとんとして首を傾（かし）げてきた。黒騎士部隊時代の元最年少組の部下の一人で【騙（だま）し討ちのニール】と呼ばれ、とても目立つ煌々（こうこう）とした赤毛頭をした超童顔男である。

「あれ、なんでそこで俺を睨み付けてくるの」

当たり前だろうなんで分からないんだ阿呆、とマリアはギロリと眼光を強くする。

彼は乗合馬車では煩（うるさ）く喋（しゃべ）り、調子に乗って手品を披露し、好みの体型の女性が乗ると倒れた振りをしていちいち騒がせていた。そのたびにマリアは、オブライトだった頃と同じように、ニールに教育的指導を行って沈め、相手の女性たちに謝った。

拳骨、絞め技、と色々と行ったが、あまり効果はなかったように思う。当時と変わらず手品のように威力を回避されたようで、しばらくもしないうちに復活していた。

そう思い返したマリアは、「ぐぅ」とこぼしながら目頭を丹念に揉み解した。

元上司としては色々と心配でならないし、怒られた事もすぐに忘れて騒がれ続けた事を思い出すと、疲労感がどっと込み上げる。直前の出来事をなかった事にするところは、黒騎士部隊で『未知の思考回路』をした超大型の、もう一人の元最年少組に似ている。

チラリと目を向けてみたら、その当人とバッチリ目が合った。

ずっとこちらを見ていたらしい。窮屈そうに椅子に座っているヴァンレットが、目が合うなり、子供みたいな瞳をパッと明るくして「うむ？」と尋ねてくる。

「マリアは腹下しか？」

「違います」

おい年頃の女の子になんて事を訊いてんだ沈めるぞ――と心の中で思いながら、マリアは固い表情ですかさず答えた。

彼はガッチリとした体格をした王宮一の大男で、黒騎士部隊の元隊長補佐だ。迷惑級の方向音痴で、戦い以外の事には集中力が続かず、それでいて本人に全くその自覚はない。

そんなヴァンレットには、久々に迷子（まいご）以外の問題で困らされた。そういえばこいつにはそれもあったなと、乗合馬車に居合わせた女性に求婚するのを見て思い出した。

ナンパ程度ならまだしも、何故見知らぬ女性に求婚するのか。

おかげで乗車してきた女性たちは、ことごとく警戒してそそくさと馬車を降りて行った。

不審者を見る目を向けられて、マリアは地味にダメージを受けたものである。

ここへ着くまでの数十分、馬車内はもう完全に男だけになっていた。乗り合わせた旅商人たちは愛想が良くて、なんか一緒くたに「あんたら変わってて面白いな」と言われたあげく、男同士であるかのように、女性についての話に付き合わされたのも解せないでいる。

それでいて自分も普通に対応していた。ようやくニール達が大人しくなってくれた頃には、綺麗な女性が集まっている町やら店やらの話題も飛び交っていた。

そう思い出して、マリアは再び「ぐぅ」と目頭を押さえた。

「あの商人の男たちも、なんでこっちにまでその話を振ってくるんだよ……ッ」

「あ～……、まぁ知らない町の事じゃなかったし、仕方ねぇよ親友」

面白い事は大歓迎のジーンも、道中続いた部下の騒動には参っていた。馬車内でのマリアの頑張りには「さすがだぜ親友」と涙を呑む思いがあり、彼は心から彼女を労う。

「あれだ。まぁ気を取り直して、ひとまずは腹ごしらえと行こうじゃねぇか」

まだ正午になってはいないが、エネルギー消費効率の悪い身体をしているマリアとジーンは、問題児の部下たちのせいですっかり空腹を覚えていた。

そもそもここへは、一休憩を兼ねつつエネルギー補給をしたくて入ったのだ。馬車内で話を聞いたところによると、ニールは朝メシに菓子しか食べていないというし、ヴァンレットも小腹がすいたともらしていた。

マリアは道中の会話を思い出すと、椅子に背中を預けて一息吐く。

「そうね、視察するにしても、まずは腹ごしらえをしておかないと」

女の子口調を意識しつつも、前世で男だった隊長時代と同じく「ふぅ」と前髪をかき上げてしまう。スケジュールを頭の中で組み立てながら、確認するように続ける。

「食べている間は、何も問題は起こらないはずよね」

「俺らに眉間の皺は似合わない」

「確かに」

いつもの台詞を投げられたマリアは、フッと苦笑を浮かべてジーンに馴染みの相槌を打った。全然集中力がもたない元部下たちを見やれば、黒騎士部隊だった当時と同じく、先輩としてニールがヴァンレットの面倒を見ていた。

「この前の酒屋に手品師がいてさ、見て盗んだやつがあるんだぜ！」

ニールはそう言って、後輩であるヴァンレットに紐を使った新作の手品を見せていた。好奇心があちらこちらに移る彼らには、いい待ち時間潰しになっているようだった。

それから少し経った頃、調理が一番早い野菜料理が運ばれてきた。

その大皿をテーブルに置いてくれたのは、髪を簡単に結い上げた三十代前半のふくよかな女性だった。続けて四枚の取り皿を持ってきて、テーブルに並べ置く。

目鼻立ちは地味だが、唇のそばにあるホクロと愛嬌(あいきょう)のある丸い瞳が印象的だった。思わずじっと見つめていると、視線に気付いた彼女が母親の表情で微笑(ほほえ)んできた。

ご夫人だろうか。とても幸せそうに微笑む女性だ。

マリアはそう推測しつつ、優しい笑顔につられてにこっと笑い返した。向かいでジーンが乾いた笑みを浮かべ、「相変わらずの、無自覚で爽やかな紳士笑みだなー」と棒読みで呟く。

「大きなリボンね。とても可愛いわ」

「ありがとうございます」

声を掛けられたマリアは、そう答えたところで笑顔を固まらせた。

視界の端で、緑の芝生頭(しばふあたま)が動くのが見えた。一日に何度も起こる事じゃないだろうとは思うものの、ここに来るまでの事を考えると不安だった。

嫌な予感が込み上げて、思わず問題の元部下へチラリと目を向けた。

女性を目に留めているヴァンレットが、首をゆっくり右へ傾けるのが見えた。ジーンが遅れて視線を上げ、マリアと同じような「まさか」という表情を浮かべる。

「結婚してもらえないだろうか？」

あ、と思った時には、そうヴァンレットが口を開いていた。

　コップの水を飲んでいる最中だったニールが、「ごほッ」と噴き出した。大男から向けられている視線に気付いたその女性が、営業用の笑顔のままピキリと硬直する。

「……あの。私、結婚して子供もおりますので…………」

　不自然な間を置いた後、女性店員はそう言った。

「そうか」

「えぇと、はい、そうなのです。それでは失礼致しますっ」

　そのまま逃げるように去って行った女性を、ヴァンレットはなんの未練もなさそうな顔で見送った。激しく咽せていたニールが、口許の水気をぐいっと拭って隣の後輩へ振り向く。

「おまッ、なんで唐突にそんな事言うの⁉」

　言いながら、椅子をガタッと鳴らして詰め寄る。

「チラッと見た感じ、めちゃ俺好みの胸と腰付きだったのに――って、お前もしかしてアレか⁉　三十代も中盤になって結婚願望が強くなったとかで、好みの女に片っ端から求婚してるって口だったりするのか⁉」

「うむ？　結婚願望はないぞ？」

　問い詰められたヴァンレットが、どうして怒っているんだという表情で言う。

　そのさらりとした回答に、ニールが心の声を隠す事なく「はあああああ⁉」と叫んだ。

「もうおおおお全然分かんないッ！　お前昔からそうだけど、マジでなんで求婚しちゃうかな⁉　あの人の胸の感じ、俺好みだったのにこれじゃあもう来ないじゃん！　俺はッ、貧乳の外見ロリっ子メイドとかじゃ全然満足出来な――ぶっ」

発言を聞いたマリアは、すかさずヴァンレット越しに身を乗り出すと、ニールの口を閉じさせるべく、その顔面を掌で思いっ切り打ち付けていた。

不意に叫び声が途切れ、ニールは後輩の胸倉を摑んだままピタリと静かになった。

他の席で大人しく食事を進めていた三組の男性客が、可愛らしい少女から繰り出された躊躇ない攻撃を目撃して、一斉に「ごほっ」「げほっ」と口から飲食物を噴き出す。

口許を拭った彼らが、ゴクリと唾を飲み込んでそろりと目を向けてくる。食堂内に沈黙が下りる中、ジーンがなんとも言えない表情を浮かべていた。

ニールが、ぎぎぎ、と音が鳴るようなぎこちない動きで、マリアへ顔を向けた。その鼻頭は赤くなっており、青年にしか見えない瞳も若干潤い度が増している。

どうやら、今度は威力をいなされなかったようだ。

きちんと手応えまで感じていたマリアは、満足げににっこりと微笑んだ。しかし、どこか大人びて見えるその目は、一切笑っていない。

「…………お嬢ちゃん？　あの、なんでいきなり俺を叩いたの。不意打ちで物凄く痛かったし、俺、この歳で泣いちゃいそうなんだけど」

「ご自分の頭に聞いてみてくださいませ」

そんなやりとりを行う二人を、間に挟まれたヴァンレットがのんびりと視線を往復させて見ていた。そんな中ジーンが、察した様子で「なるほどねぇ」と言った。

「そういや、前は一時、身長が地雷だったなぁ」

ようやく合点が行ったといわんばかりに頬杖(ほおづえ)をつくと、困ったようにほんのりと笑みを浮かべた。そして、爽やかな笑顔で威圧している親友と、見慣れた組み合わせの部下たちを眺める。


ジーンは、しばし出会った頃のオブライトについて思い返していた。

当時十九歳だった彼の背丈は平均的だと思えた。端整な顔立ちと物腰柔らかな細身もあってか、男だらけの場所でからかわれた事に対して、「身長かチクショー!」と、オブライトは短絡的にそう結論付けたみたいでもあった。

当時は、自分が仲間内で背が一番高かったから見比べるのも容易かった。二十歳(はたち)そこいらだった頃も、友人たちと並んで歩いているオブライトを見ても「同じくらいの身長じゃね?」と思えた。

それでも、オブライト自身は気にしているようだった。小さく見えるのは、多分細身のせいじゃないか、とみんなで大風呂(おおぶろ)に入った時に話したのを覚えている。

『というか貴様は、鍛え足りないだけではないのか？』

『ポルペオ、心底謎、みたいな目を向けてくるな阿呆。お前のズボンのサイズが合わなかっただけだろう。あれだけぶかぶかだったらベルトでも対応不可だ』

『まぁなぁ。レイモンドのよりも、俺のズボンの方がサイズ的に合うようだし、帰るまでは騎馬隊のズボンで頑張れ？』

『おいグイード、なんでそこでこっちを肩ポンするんだよ!?　俺が太っているわけじゃないからな!?　身長ならまだしも、男のウエストだって色々とサイズは違うんだッ』

当時、レイモンドがそう言って、グイードに締め技を掛けていたものである。

そんな事もあったなぁと、ジーンは今の親友の様子を見つめながら懐かしく思った。見た目も性別も全く違っているというのに、彼女が彼だった頃の事を当たり前のように思い出す。

二十二歳になった頃には、オブライトは若い部下たちが憧れる立派な体軀(たいく)になっていた。友人たちのほとんどが、男性の平均身長を超える長身メンバーだったせいか、後から入隊してきた美少年師団長ロイドとの身長差がかなり目立ったほどだ。

当時、ロイドは同年齢の少年と比べても小さかった。

こちらより頭二個分以上も身長が低くて、破壊神といえど子供だと気遣ってしまう。

おかげで『どう対応したらいいものだろうか』と、オブライトを含む友人たちは皆、少し戸惑っていた。ジーンは、今だけだろうと考えて普段から面白がっていじっていた。

だが十八歳になっても、まるで時が止まったかのようにロイド少年は線が細いままだった。ほんの少しだけ身長は伸びていたけれど、十九歳前だった頃のニールと比べても随分小さくて、ちっとも青年らしい体格ではなかった。

『あれ？　もしかしてあいつ、全然成長してなくね……？』

そう思った時、さすがにネタとしてからかえなくなった。

それまでは牛乳の件をクソ笑っていたものの、そんな同情を覚えた後に見たとある一件の事もあって、ジーンはその煽り文句とネタを封印する事にしたのだ。

それは笑いが欲しくて、『どれどれ今日はどんな感じだ』とこっそり覗きに行った際の事だった。あのロイド少年が一人、牛乳瓶を見下ろしている寂しげな後ろ姿を目撃してしまったのだ。思わず、「あいつッ」と口を手で押さえて涙を呑んだものである。

ロイドは当時、オブライト関係でヅラ師団長をとくに嫌っていた。

だというのに奴に言われた牛乳案を、人知れず実行していたのだ。

その素直というか、変な負けず嫌いなところは大変楽しませてもらっていたのだが、さすがにあの時ばかりはジーンも笑えなかった。大丈夫、きっと遅れて成長するタイプだよ、お前はこれからだぜ、とロイド少年の後ろ姿に応援を送った一件だった。

とはいえ、身体が小さいというだけで、この世で一番、凶暴凶悪な少年でもあったわけだけれども。

しかも、あの熱血で頭の固過ぎるヅラ師団長のせいで、しばらくはずっと身長が最大の地雷になっていた。うっかりタイミングが悪い時に『牛乳』という単語に反応されてしまうと、破壊神の如く大暴れされて二次被害、三次被害まで引き起こされた。

ジーンは、何度かあった自分のマジな逃走を思い出した。メイン料理が運ばれ始めてマリア達が席に座り直すのが見えて、一つ頷いて回想を終わらせる。

「――うん。さすがの俺も命の危険を感じたね！」

でも楽しかったからまぁいいけど、とめちゃくちゃいい笑顔でそう締めた。

唐突に、元相棒が元気に独り言を言うのが聞こえた。テーブルに置かれた一個目、二個目の料理を順に目で追っていたマリアは顔を上げて、ジーンを見やった。

「何を感じたって？」

「ははは。なんでもないさ、親友」

なんだかはぐらかされたような気がしたものの、料理が続々と届き始めていたので、ひとまずは食事を開始する事にした。

腰にエプロンを巻いた中肉中背の男性がたった一人で、額に汗を浮かべながらせっせとカウンターと客席を行き来して料理を運ぶ。マリア達の席に次々と運ばれた皿が空になって回収されて行く様子を、三組の客たちが唖然とした表情で見つめていた。

開始早々、四人は十数枚の皿をペロリと平らげて空にしていた。ニールとヴァンレットが大盛り定食へと移る中、マリアとジーンは揃って手際よく濡れ布巾を用意して、鳥の丸焼きを素手で持ち上げて齧り付く。

「例の屋敷は、ここから少し離れた森の中にある」

腹にいくらか食料が収まったジーンが、思い出したようにそう切り出した。

「まぁ、こっから徒歩で向かっても、そんなに掛からない距離だな」

「へぇ。わざわざ森の中に建てるだなんて、なんだかありきたりね」

なんの捻りもないな、と思いながらマリアは相槌を打つ。

昔、臨時任務でそういった場所に友人たちと行かされた事が何度もある。相手側も嗅ぎ付けられる危険性を学習して、森だとか山だとかいう場所にアジトを作るのは少なくなっていたのを覚えている。

他国から自国を守りながら、国内の治安も守るという忙しい時代だった。そんな中でも犯罪組織に対処出来たのは、怪しい連中の動向のチェックや隠れ家の発見といった事に、警備隊の独自調査と情報提供が貢献していたからだろうと思う。

他国からの侵略に備える国軍と、市民のためにある警備隊。

警備隊は、各支部ごとに独立していて規模も抑えられていた分、下に目が届きやすく統率も取れていた。中央軍部より市民たちに信頼をされていて、国軍との仲裁役を買って出る事も少なくなかった。

——俺らは、今の警備隊は信用していない。

王宮でそう言われた通り、当時と比べて、警備隊の質がそれだけ落ちているという事だろう。国軍と警備隊は、立場は違えど良い協力関係にあったはずなのに。

そう思い返していると、ジーンが相槌を打ってきた。

「めちゃくちゃありきたりで、『イコール強い用心棒がいる』って単純な構図も浮かぶ。普段から森に私兵を置いているわけじゃないらしいが、まぁオークション開催日や前日でもないのに私兵を置いたりしたら、かえってあやしまれるからな」

さすがに、普段から森に柄の悪い連中を配備する阿呆はいないだろう。

マリアがそう思っていると、鶏肉(とりにく)を噛(か)みちぎって咀嚼(そしゃく)したジーンが「雇っている用心棒の腕に自信があるんだろうな」と言った。

「屋敷に踏み込まれても十分対応出来るつもりなんだろう、という解釈でいいと思う。かなりの人数のようだが、急きょだったから、まだ詳細は把握出来てねぇんだよなぁ」

「それくらい信頼があるというのは、これまでの実績があっての事なんでしょう。それなら、その用心棒についても調べておいた方が良さそうね」

「名前がある連中なら、こっちもそれなりに構えて行きたいところだしな」

今回の仕事の目的は、殺しじゃなくて生け捕りだ。場合によっては、やり方を変える必要もあるだろう。

マリアは思案しつつ、唇に付いた油を舌先で舐め取った。同じく考え込んでいるジーンが、ガブリと鳥肉を噛みちぎって、思案顔でもごもごと口を動かす。

そんなメイドと大臣の品もない食べっぷりを、ニールが呆気に取られて眺めていた。鳥の丸焼きを両手で持ったのも忘れたかのように、口をポカンと開けている。

「――ちょっと待って。コレ、おかしくね？」

二人が同じ速さで三羽目の肉に手を伸ばしたのを見て、彼がそう突っ込んだ。

声を掛けられたマリアとジーンは、揃って「あ？」と声を上げた。食べる口を止める事もなく、二人はもごもごと忙しなく咀嚼し続けながら、訝しげにニールを見つめ返す。

「話しながら、なんでそんな八イペースで食べられるんすか。器用過ぎません？」

信じられねぇ、という表情でニールが言う。

「いやジーンさんは分かりますよ、普段からめちゃくちゃ食いますし――でもお嬢ちゃんは、その身体のどこに食べ物が消えてんの!?」

「？　胃に決まっていますわ」

「取って付けたような女言葉ッ。んでもって、心の底から疑問にさえ思っていない表情！」

ニールが思った事を全部口にして、続いてガバッとヴァンレットを見た。俺の感性は間違ってないよな、と目と表情で後輩に同意を求める。

すると、ヴァンレットがその視線に気付いて顔を向けた。新しく運ばれて来た肉料理に手を伸ばし掛けたままの姿勢で、ゆっくりと緑の芝生頭を左に倒した。

それを見たニールが「え〜……疎外感」と呟いた。

「ほら、妙な事言ってないで食えよニール」

すっかり手の止まっている彼を眺めていたジーンが、どうしたんだと言わんばかりに眉を寄せて、そう声を掛ける。

「俺の奢り(おご)だし、沢山(たくさん)食べていいんだぞ。ヴァンレットだって沢山食べてるだろ？」

「ヴァンレットは大食らいっすけど、俺、結構平均的なんすよ。『料理長の気まぐれデカ盛り定食』くらいしか入らな――あれ？　そう言えばあれも大食いメニューでしたっけ？」

言いながら、ニールが青年にしか見えない様子で首を傾げる。

黒騎士部隊の人間は、全員が『料理長の気まぐれデカ盛り定食』を王宮での定番メシとしていた。あれを食べたうえで、別のメニューまで注文していたのがオブライトやジーン、

ヴァンレットを含む部隊内二割の男たちである。

その事を思い返そうとしていたらしいニールだったが、よく分からなくなったというように首を捻って言った。

「なぁんか、考えれば考えるほど大食らいの基準が分からなくなってきた」

ただ元々、真面目に思考するのが苦手なだけである。

けれど自覚が全くないニールは、そう呟くと考えるのを諦めて鳥の丸焼きに噛み付いた。

店内にいた客たちが青い顔で口を押さえ、そろりそろりと立ち上がって帰り始める。

しばらく四人の好き勝手な食事が続いた。

ふと、ニールは手を止めると、マリアとジーンの食べっぷりを眺めた。双方へ視線を往復させてから、やっぱり分からないという表情を浮かべる。

「なぁんか、コレに近い光景に見覚えがある気もするんだけど、なんだったかなぁ」

唇の横にタレを付けたまままそう呟いた。

「そういや、飴玉(あめだま)の時もなんか引っ掛かったような……？」

「ニールさん、その鳥の丸焼きいらないんですか？　食べないなら私もらいますけど」

「お嬢ちゃんまだ食べるの⁉　いやメッチャいるし、俺の分はあげないよ⁉」

そう言い返されたマリアは、まぁ冗談なんだが、と後に続く台詞を口に出さずに思った。

昔からニールは集中力がなく、気を取られて食事の手が止まる事が多かった。だから彼が食事中にぼんやりすると、よくこうやって食べさせたものだ。

当時、彼は十代の成長期だった。すぐ後に入隊したヴァンレットと同じく、黒騎士部隊の皆で「大きくなれ」「逞しくなれ」「もっと食え」と、その成長を見守っていた。

とはいえ、それももう随分昔の話なのだと、マリアは過ぎた月日の長さを実感させられた。

もうこうして、自分たちが気に掛けて食べさせてあげる必要もないのだ、と。

ニールが入隊したてだったあの頃は、ジーンが部隊の規則などを彼に説き、オブライトが教育的指導で拳骨を落としていた。ぎゃーぎゃー言いながらも付いてきた彼は、いつの間にか「隊長！」「副隊長ッ」と後ろを追いかけてくるようになっていたのだ。

思い返せば、当初は「切れると怖いのがウチの隊長だからッ」といつもジーンの後ろに隠れているような奴だった。気付いたらオブライトの軍服を摑んでせがむくらい、どこへでも付いてきたがるようになっていた。

『隊長、どこかに行くんすか？』

『俺も付いて行っていいですか？』

『えぇぇぇ！　置いて行かないでくださいよッ』

『付いて行ってもいいでしょう⁉　いい子にしてるからあああああ！』

初めてマジ泣きされた時は、オブライトはかなり困ったしドン引いた。

モルツという天敵が現れてからは、「隊長を変態の毒牙から守るッ」と先輩部隊員たちを巻き込んで妙な意気込みも見せていた。いつも空気を読めまない斜め上の配慮で、毎度騒動を悪化させていて……戦場では「俺が一番乗り！」と迎えに来てもいたっけ。

マリアはそう思い出して、素の表情で小さく苦笑をこぼした。

隊長、迎えに来ましたよ、と戦場で口笛を吹いていた彼の姿が思い起こされて、困った部下だと何度も思った事を思い出す。ただただ懐かしくて、遠い記憶だった。

そういえば、もう子供じゃなかったな。

だから、食べる事を促す必要は、もうないのだろう。

いらぬ世話だったと思ったマリアは、苦笑した。それを目に留めたニールが、ハタと落ち着きを取り戻して「あれ？」と首を傾げる。

その時、ヴァンレットが彼の前に置かれている取り皿に目を向けた。すっかり冷えた肉料理に気付いて、ほんの少し考えてから、パッと目の奥を明るくした。

「うむ、なるほど。食べないならもらう」

そう言ったかと思うと、ニールの皿の上から肉料理をひょいと取って、機嫌よく口に放り込んだ。ガバリと振り返ったニールが、それを見て目を剝く。

「いや何が『なるほど』なのおおおおおおおおおお⁉」

そう叫んでから、「え」「ちょ」「嘘でしょ」と言って、皿とヴァンレットを交互に見る。

「お前なんで俺の分食べちゃうの⁉　ちょっと考えればまだ俺が『食べている途中』だって事くらい、分かるでしょおおおおおおおおおお⁉」

「だってニール、いつも残すだろう？」

「今のやつは全然違うよっ、俺はこの二人がどんどん食べてるから自分の分を確保してたの！　ぐすっ、俺の肉…………チックショー吐き出せバカヤロウ！」

「無理だぞ？」

ニールは立ち上がると、ヴァンレットの胸倉を摑んで半泣きになりながら揺らす。ヴァンレットは悪意のない眼差しで見つめ返して、一体どうしたのだろうと不思議そうにしている。

そのへんのやりとりも、昔と全く変わってないんだもんなぁ……。

一瞬、十六年前の光景と重なって見えた。マリアは、深い溜息をこぼして肩を落とした。

「ひとまず泣かないでください、ニールさん。ほら、ヴァンレットから手を離して。ヴァンレットも、悪意がないのは分かるけど少し口を閉じていて」

仲裁するようにそう声を掛けた。

好物の食べ物に関して、ニールの場合は本気で落ち込む事があった。少年傭兵時代、食べ物にありつくのが難しかった環境が、どうもトラウマになっているらしい。

今でも泣くぐらいなんだなぁと呆(あき)れつつも、続いてマリアは店員に向かって挙手した。バッチリ目が合ったところで、その中肉中背の男性に追加注文をお願いする。

「おじさんッすみません、『豚の厚切り塩焼き』を四つ追加でお願いします！」

「お前さん達はまだ食うのかい!?」

先程からテーブルと厨房(ちゅうぼう)を往復していたその男が、新たな注文内容を聞いて跳び上がった。ジーンは、恐らく店主だろう男の反応が面白くてカラカラと笑った。

「ははは。お前ら、ちっとも変わらねぇなぁ」

ジーンは「いやぁ、実に平和だわ」と続けながら、来るまでの道中の苦労を笑顔の下で思い出していた。念のためにもう少し食べておくかと、彼はメニュー表を手に取った。

二

マリア達が食事を終えた頃には、店内に他の客は一人もいなくなっていた。店主らしい例の中年男は、会計金額を告げる際にはビクビクしていた。

「ははは、料理美味(うま)かったよ。作るの大変だったろ、ありがとな」

言いながら、ジーンがチップ分も加えて現金払いした。爽やかな笑顔を向けられた店主が、感動した様子で「次回もどうぞッ」と笑顔になって言った。

そのまま店を出たところで、瞳を輝かせたニールがくるりと振り返った。

「はいはい！　俺から提案があります！」

上司であるジーンに背中を向けた状態で、彼がマリアに向かってそう言った。その目は期待に満ちており、挙手した両手をブンブン振り回している。

おい。お前、上司と後輩を後ろに置き去りにするんじゃない。

マリアは、なんでこっちに発言許可求めてんだよ、としばし呆気に取られた。十六年前と変わらないニールの童顔は、チャンス到来と言わんばかりに輝いている。

この短い間に、彼の頭の中で一体何が起こったのか、さっぱり想像がつかない。

そもそも何故、こちらに主張してくるのだろうか？

そんな疑問を覚えていると、目の前に立つ赤毛頭を見下ろしたジーンが「何事だ？」と言った。ヴァンレットも、不思議そうに首をゆっくりと傾けて行く。

マリアの少女らしからぬ顰め面を見たニールが、いつもの勝手な解釈で「よしきた！」と以心伝心の欠片もない相槌を打った。

「お嬢ちゃん、情報収集なら俺にお任せあれだぜ！　こう見えて、ずっと大臣の『手駒』をやってるんだからな！」

実にいい笑顔で得意げにそう言うと、調子良く指をパチンと鳴らす。それを聞いたジーンが「おいニール？」と声を上げた。

「自信たっぷりに言ってるけどさ、お前もしかして、俺の手駒だっていつも言ってんの？それ間違ってるよ、普通に部下でいいじゃん。聞いた人に誤解されるような自己紹介はやめようぜ、むしろ俺が二次被害的な評判被害受けるから」

まさかお前にもそんな自己紹介したの、とニール越しに目で問い掛けられた。マリアが真面目な顔で頷き返すと、ジーンは「マジかよ」と言葉をこぼした。

ニールは、背後の上司からの突っ込みなど聞いていないようだった。得意げな表情のまま言葉を続けてくる。

「それにこう見えて、オークションの件を昨日聞かされてから、色々調べてたんだぜ！」

「ニール。おいニールや、これは大事な話だからちょっとは聞いてくれ。お前、大臣は腹黒だとか参謀系だとかいう噂が、こっそり広がったらどうしてくれるの」

「情報がゲット出来そうなとこは絞り込んであるし、ここで俺の恰好良さを見せて名誉挽回するから、お嬢ちゃんはここで待ってな！　――というわけで行ってきますッ、副隊長！」

「というかそもそも『副隊長』じゃなくて、『大臣』と呼――」

言い掛けたジーンの言葉も待たず、ニールが「期待して待っていてください副隊長おお！」「うおおおおお！」と雄叫びを上げ、嵐のように走って行ってしまった。

マリアは、その行動力に呆気に取られた。まだ理解に追い付けないでいるヴァンレットから、ぽやぽやとした気配も感じて、思わず素の口調でジーンに声を掛けていた。

「……………ジーン、あいつ、大丈夫か？」

「…………まぁ、ああ見えて、ウチの部隊じゃ俺に次ぐ頭脳派だからな。やる時はやるし、大丈夫だろ」

ジーンが思い出すように言って、疲労感たっぷりな様子で「やれやれ」と首の後ろをさすった。

あのニールが、頭脳派？

そうは見えないんだが……と思ったところで、ふとマリアはヴァンレットの方を見た。黒騎士部隊で問題児と言われていた最年少組のもう一人が彼だ。

「ジーン、ひとまず現場に向かうのを優先にしない？」

マリアは少し考えてから、ニールが走り去った方向へ目を戻すとそう提案した。

「ヴァンレット一人の今なら、さくさくっと進められると思うの。先に私たち三人で現場に向かって、ニールさんには追い付いてもらう形で」

「ああ、なるほどな。あいつは仕事が早いし、ゆっくり歩いている間に合流出来るかもな」

そうしようか、と互いに男同士であった時と同じように目配せし合った。

マリアは、いつものようにヴァンレットの手を取った。ゆっくり歩き出すと、ジーンが時間を効率的に使うように、現時点で把握出来ている情報について語り始めた。

ザベラには、別領地と重なる森林地帯が一ヶ所残されている。

そこは昔、療養地にと買い取られた個人領であり、その中にひっそりと別荘が建ってい
た。

その土地と別荘を相続したのが、ハーパーだ。もう長い事使われていなかった別荘を取り壊し、建造申請書には『プライベートな芸術品の収集・展示目的』と書いて新たな屋敷を建てた。

「そこの土地と建物は、ハーパーの亡くなった親父さんの物でな。揉めに揉めた結果、どうにかその相続権を、ハーパーが勝ち取ったって感じだな。当時から既にオークションで儲けていたから、どうしても土地が欲しかったんだろうな」

どうやら、ハーパーは家から追い出されたも同然だったらしい。今でこそ事業で成功しているものの、自分で築いた金はあっても、拠点となるような大きな土地を持っていなかった。

先に建てた四つのオークション会場があるのは、他人が所有する土地である。

それらはハーパーにとって、完全には自由がきかない商売地であった。ギャンブル業を中心に裏商売をバックアップする巨大な組織があり、売上の一部を上納する事で場所を提供されるというシステムなのだが、そこには厳格なルールも存在するのだという。

「裏世界で違法な商売を牛耳っている組織だが、その中であっても、ハーパーの『商売』はアウトなんだよ」

「普段からその組織も、違法な売買や活動をしているのに？」

「裏社会のルールを大まかに言っちまうと、その一『愛国心』。その二『国王に対する絶対の忠誠心』、その三――『ルール付けられている条件外での殺生の禁止』」

復讐にしろ、抗争による殺し合いにしろ、彼らには絶対の掟がある。

それを取りまとめているのが、通称『ガネット』と呼ばれる巨大組織だった。彼らは引き際もきちんと弁えており、今回の討伐の対象にも入っていないのだという。

「そもそも彼らは、今回の件での有力な情報提供者でもある。自分たちでハーパー一味の存在を抹消したりせずに、きちんと国へ報告して『表』へ対応を一任した」

「どういう事？」

「裏社会の一番デカいルールとして、愛国心と忠誠心ってあっただろ。彼らは闇稼業に携わりながらも、国王陛下だけは決して裏切らない立場にもあるってわけだ」

その掟を破れば生きて行けない。

彼らは非合法組織でありながら、国と王族をもっとも敬っている者たちでもある。アーバンド侯爵家と繋がる部分もあり、そうやって国内の『表』と『裏』のバランスが保たれているのも事実だ、と、遠回しに語られているような気がした。

マリアは、問うようにちらりとジーンを見上げた。一つ頷き返してきた彼が、きょとんとしているヴァンレットを意識し、肩をすくめてこう言った。

「つまり『仕事仲間』だ。とくにあの侯爵は、代々のガネットとは縁が深い」

そう言うと、ちょっとだけ不思議そうな表情を浮かべて「見た事ねぇか？」と問う。

「今代のトップは、俺より一回りくらい年下で、髪をテカテカに固めていて、『うわー、切りたいわー』て思っちまう感じで、前髪を一房だけ出してる狐面(きつねづら)の男なんだけどさ」

「なんか個性的な外見ね……。それくらい特徴的な人なら忘れないと思うけど、見た覚えがないわ」

アーバンド侯爵の『特殊な客人たち』の訪問を見掛ける事は滅多(めった)にない。たまに正面玄関から入ってくる者たちは皆、大抵、表向きの肩書きでの訪問だ。

基本的に『客人』は、執事長と料理長、侍女長だけが対応に当たっている。結構な頻度で遊戯室も使っているらしいが、一介の使用人であるマリア達は見た事がない。一体いつ、どこから彼らが『訪問』しているのかは謎でもあった。

「たまにだけど、アルバート様が『友人』を連れてくる事はあるわ」

「へぇ、そりゃまた珍しい。一応そういう付き合いはしているんだな」

「いつもざっくりとしか紹介されないけど、多分『仕事仲間』ではあると思う。この前も『友人』とプライベートで遊びに行っていたわ」

あの後、いい笑顔で帰ってきた彼は、「とても充実していたよ、カードゲームは一人勝ちだった」……と、その素敵（すてき）な友人と揃って血塗（ちまみ）れのまま普通に語っていた。

相手の友人も、素手派だったみたいなんだよなぁ、とマリアは思い返す。

その時、ヴァンレットがピクリと反応して立ち止まった。握っていた手に引かれて、そのまま足が止まってしまい回想が途切れた。

「どうした、ヴァンレット？」

気付いたジーンが、振り返ってそう問い掛ける。

マリアは高い位置にあるヴァンレットの、古傷が浮かぶ横顔を見上げた。ジーンが質問しても返答がない様子を見て、どこかをじっと見て考えている風の彼に問う。

「何か気になるものでもあるの？」

すると、ヴァンレットがちょっと首を傾げて、自分が見ている方向を指差した。

「あれはなんだろうか？」

マリアとジーンは、彼が差す指の先を見やった。

遠くに、小さな土埃（つちぼこり）が立っているのが見えた。気のせいか、こちらに向かってドドドドドという地響きも近づいて来ているようだった。

嫌な予感が込み上げて、まさかと思いながらマリアは目を凝らした。

「…………おいおい、嘘だろ」

思わず顔を引き攣らせて、そう素の口調でこぼしてしまった。ジーンも弱り切ったように「あ〜……マジか」とぼやき、どうしたものかと後ろ手で頭をかく。

それは、つい先程、情報収集役を自信たっぷりに請け負って飛び出して行ったニールだった。「まずいまずいッ」と、土埃を上げるほどの全力疾走で逃げてくる彼を、個性的な頭をした二十代そこその、武器を携えた柄の悪い男たちが追いかけてていた。

※※※

目立つ赤毛野郎を追っていたのは、『ピーチ・ピンク』のチームの男たちだった。

全力でニールを追走していた彼らは、赤毛男が向かう先に三人の人間がいる事に気付いた。あの屋敷に用心棒が出入りしている事で、町の通りからは人の気配がなくなっているほどなので、この時分に町の外を出歩いている人間というのも珍しい。

その三人組は、赤毛男と同じ旅用の古地ローブを着ていた。

どうやら向こうも、こちらに気付いたようだった。目を向けて来た途端に「あ」と、思い当たるような表情をしたので、恐らくは赤毛男の連れなのだろうと思われた。

バカデカい大男の存在が一瞬気になったが、振り向いた顔には気迫も感じられなかった。ひとまず、問題なさそうだと胸を撫で下ろす。

「なんだ、図体がデカいだけかよ…………」

「あのきょとんとした表情からすると、一般人っぽいなぁ」

やれやれ驚かすんじゃねぇよ、と男たちは勝手に安堵する。そして今更のように、それにしても彼らは旅行者なのだろうか、という疑問を覚えた。

赤毛男とあの大男は、自分たちと変わらない年代に見えるので二十代前半くらいだろう。肉付きは悪いが、やたら背の高い肩幅の広い四十代ほどの男もいて、随分華奢な少女の姿もある。

年齢的に言えば、父と子、の組み合わせとも言えそうだ。

そう考えた男たちは、前方の赤毛男とその三人組をじっと見比べた。よくよく見てみれば、だんだんと家族っぽい組み合わせのような気もしてきた。

外見的な特徴は誰一人ちっとも似ていない。でも髪の色や、顔立ちといった大きな部分に目を瞑れば、雰囲気のよく似た家族……に、どうにか見えなくもない。

「――兄貴、つまり奴らは『家族』です」

「――ああ、そうだろうな。俺もそう考えてたところだぜ」

「――さすがリーダー。あれはやっぱり家族に違いないぜ」

「――うん、家族だ。絶対にそうだ」

彼らは、真面目な顔付きでそう口にした。

何故なら、そう考えると、とても腑に落ちるような気がしたからだ。

よくもまぁあんな男たちと同じ血から、ああも可愛らしい一点の花のような『小さな女の子』が生まれたものだ。そう思うと、家族であるという事実には感慨深さを覚えた。

自分たちの推測を、勝手に事実だと決め付けた男たちは、「リボンが可愛い」と癒されていた。

ああ、きっと兄弟たちとは随分歳の離れた妹なのだろう。

チラッと見える愛らしい感じは、美人な母親似なのかもしれないなぁ。……母親らしき女が近くにいないので勝手な想像になるのだが、何せ父親らしき男の目とは全く似ていない。

だから、きっと、多分、そうなんだと思う。

「さすが俺たちだぜ」

そう結論付けて満足したところで、彼らは揃って首を捻った。

この場に母親がいる、いない、については些細な問題だろう。そもそも恋人がいた試しもないから、女というのは想像の中だけで楽しむものだ、と男たちは思っている。

本音を言うと、年頃だし女友達くらいは欲しい。でも、どんな女性にも煙たがられた。上手いナンパの仕方も分からないので、いつも失敗に終わっている。

現実は、そう上手くは行かないものだ。しかし、いつかは自分たちと普通に話してくれる女友達や、それこそ恋人だってゲット出来るはずだと信じていた。だってそうでないと、自分たちと似た顔立ちをした親父だって、結婚出来なかったはずだからである。

男たちは、赤毛野郎が向かう先にいる少女へ再び目を向けた。連れであろうが全員制裁するのが常だったが、彼らは少女の処遇について思案するように目配せした。

恐らく年齢は十二、三歳といったところだろう。

互いの顔を見ると、以心伝心したかのように最後は揃ってしっかりと頷き合う。

「よし。あの子は除外してやろう」

リーダー格のスキンヘッド頭が、全員一致の判断を口にした。

彼らチンピラグループの中にも、歳の離れた妹を持っている者が数人いた。唯一自分たちに微笑んでくれる天使であり、手作りのクッキーをくれたり、彼らのゴツゴツとした手を怖がりもせず握り、いつも会うたびに心を癒して潤わせてくれる存在だった。

つまり妹とは、永遠のテーマだと思うのだ。

守らなければならない存在で、結論を言うと、可愛いは正義なのである。

父や兄たちが痛い目に遭うのを見るのはつらいだろう。だが家族ならば、とくに一家の大黒柱である父親ならば、「お前に怪我がなくて良かった」と娘を慰めてくれるはずだ。

あれだけ大きなリボンまで付けさせているのだ、さぞ可愛がっているに違いない。もしかしたら、娘の方は世間の怖い事なんて知らない子で、震えて泣き出すかもしれない。

父親はそんな彼女を抱き締めて、「泣かないでおくれ。父さん達にとって、お前が無事なのが一番なんだ。怖い思いをさせてごめんよ、不甲斐ない父親ですまない……」と謝ったりするのかも……そんなめくるめく妄想が頭の中で勝手に広がる。

「あの無精髭のパパ、めっちゃ良い親父じゃんッ」

想像したら泣けてきて、男たちは「ぐすっ」と鼻を啜った。

「見てみろよ、あの大男もさぞ妹が可愛いんだろうな。手もしっかり繋いでいるぜ」

「こんなところで迷子になんてならねぇはずなのに、兄としては心配なんだろうな」

一人の男が相槌を打って、潤んだ目をごしごしと擦りながら続ける。

「多分さ、どこにも嫁にやりたくないっていう、お兄ちゃん心なんだよ。実に感動的な兄妹愛じゃねぇか……!」

「チクショー目が霞んでよく見えねぇっ、故郷の妹に会いたくなってきた」

「十二歳くらいだったら幼い枠、だよな」

「幼女ってのは、可愛らしいほど花になる」

うむ、つまり理想的な妹である。

この時点で、男たちにとって彼女は、危害を加えてはならない『守られるべき幼女枠』である事が決まった。彼らは使命感に燃えて漢らしく涙を拭う。

仲間たちの想いを胸に、リーダーである男が意気込んだ。

「野郎共！　悟られるようなへたな優しさは見せるんじゃねぇぞッ。さりげなく騒ぎから遠ざけて、狙うは赤毛野郎を含む男連中だけだ！」

「さすが兄貴ッ、格好いぃ！」

「どこまでも付いて行くぜリーダー！」

赤毛野郎だけは許せないが、パパさんは年齢的な点から加減してやろう。

慢性の腰痛持ちかもしれないし、持病が悪化してしまったら大変だ。手や腰を激しく痛めてしまったら、溺愛している娘を抱き上げるのも難しくなる。

そうする事も決めた男たちは、『無精髭パパ』と『リボンの娘』に熱い眼差しを送った。言葉で伝える事は出来ないけれど、叶うならばこの熱い想いよ届け――と一斉に祈った。

そこで満足して、彼らは再び互いを見て頷き合った。

その向かう先にいる『リボンの娘』が、伝わったのはまるで悪寒だと言わんばかりに、場の緊張感を無視したような小さなくしゃみを一つした。

※※※

得体の知れない新しいタイプの悪寒を覚えた。ぶるっとした直後に小さなくしゃみを一つしてしまう。

随分低い位置で揺れた彼女の頭部を、ジーンはチラリと見下ろした。大きく声を立てない、あっさりとした小さなくしゃみも前世と同じである。ただ身体が華奢になったのは事実であるし、免疫力が弱くなっているのだろうか、と少し心配して声を掛ける。

「おいおい親友よ、風邪か？」

「いや、今も風邪なんて滅多にひかない」

鼻先をぐしぐしと擦りながら、マリアはスパッと答えた。向こうに目を留めているヴァンレットの隣で、うっかり気も抜けて引き続き素の口調で言う。

「けどなんだか、妙な悪寒がしたような……？」

「あ～……なんつうか俺も、有り得ない誤解をされた感じの悪寒がしたんだよなぁ」

とはいえ、今のところ考えるべきは悪寒ではない。

髪型も個性的なチンピラ集団は、かなり怒っている様子でニールを追っていた。ニールは、「やっべぇ！」「どうしよっ」と本気で焦って慌てているようだった。

「どうしたらいいっすか⁉」

彼が、こちらに向かって指示を仰ぐように叫んできた。

何がどうして、そうなったのかは知らない。

ただ、奴が単独で引き起こした騒ぎであるし、つまり自分たちが取るべき行動は一つだ。

マリアとジーンは、フッと薄ら笑みを浮かべると――左右からそれぞれヴァンレットの手を握った。そして、ニールを完全に見捨てる方向で思いっ切り走り出した。

「昔から思っていたがッ、あいつはなんでちょっと目を離しただけで騒ぎを起こしてくるんだよッ」

「うーむ、最近は落ち着いたと思っていたんだけどなぁ」

俺の苦労も最近は三割減だったような、とジーンが無精鬚をさする。

その時、二人に手を引っ張られて、ただなんとなく走っていたヴァンレットが首を傾げた。ようやく状況に気付いたというように、きょとんとした目で問い掛けてくる。

「なんで逃げるんですか、ジーンさん？」

「いやいやいや、さすがに後ろの非友好的な空気ぐらい察しろよッ」

「アレに気付かないとか、危機察知能力が低過ぎるんじゃないか!?」

マリアは、思わずジーンと一緒になってヴァンレットを叱った。しかし、平和そうな「？」の視線が返って来たので、元上司として頭を抱えたくなった。

しっかりしろよ、元隊長補佐っ！

咄嗟（とっさ）に目頭を押さえ、飛び出しそうになった言葉を止めた。十六年前まで自分の補佐（オブライト）だった彼は、今や近衛騎士部隊の隊長の一人なのになぁ……とか色々思うところはあるけれど、そもそも内密な偵察なのだから、ここで騒動を起こす事は避けたいのだ。

この四人の臨時班の場合、請け負う任務の遂行率は百パーセント。

だが結果は良好であるにしても、その過程にはいつも余計な騒ぎが付いていた。今になって思い返してみても、『騒ぎがなかった任務』には全く覚えがない。そう思い出したマリアは、目頭から手を離して、諦め気味に乾いた笑みを浮かべてしまう。

その時、ニールが後方で「うおおおおおおッ」と雄叫(おたけ)びを上げた。

「俺の足よッ、伝説を築くんだぁぁあああああああ！」

一流の逃げ足を自負する彼が、最後の力を振り絞るように叫んで追い付いてきた。そのままマリアの隣に並んだのを見て、ジーンが「あのな」と呆れつつ言葉を投げる。

「前々から言い聞かせてるけどさ。お前、行動する時は後先の事を考えてから——」

「俺はいつでも慎重ですしッ、後先も考えて行動していますよ副隊長！」

冗談を返す余裕もないという必死な表情で、ニールがすかさず真面目にそう答えた。

ジーンは、これまでを思い返す表情を浮かべると、「マジかよ」と口に手をやった。無自覚なうえに今後の矯正も不可能そうだ。そう察したマリアも心労からくる頭痛を覚えて、目頭を揉み込んで「ぐぅ」と呻きをもらしてしまった。

説教でもくれてやりたいところだが、そんな暇はないとは分かっている。今は、状況を少しでも早く把握すべく、まずは経緯の確認を行うべきなのだろう。

だがニールに関しては、またしても下らない理由が騒ぎの原因であるような予感もして、話を進めたくないような気もしていた。

おおおおお
ドドドドド

マリアは、こっそりジーンと目配せした。

（なぁジーン、こっちからニールに話を振りたくないんだが……）

（え～、俺だってちょっとなぁ……）

（商業の町には不似合いな若いチンピラ集団という事で、まず嫌な予感二割増しだ）

（この慌てっぷりからすると、俺もガキ共の正体についてはなんとなく予想が付くというか）

思うところがあるという様子で、ジーンが訊き出し役を躊躇する。

その時、両手をそれぞれに握られたままだったヴァンレットが、遅れてゆっくりとニールへ目を向けた。

「どうして追われているんだ？」

「よくぞ聞いてくれたッ、さすが俺の後輩！」

ニールが、パッと表情を明るくした。

「もしかしたら誰も訊いてくれない、とかいう悲しい結末を想像してゾッとしたぜ！」

調子を取り戻した勢いのまま、いそいそと事の始まりについて語り出した。

こいつの報告って、個人的な感想が多過ぎるからなぁ……。マリアとジーンは長期戦を予想したものの、ひとまずは黙って話を聞いてやる事にした。

少し前、マリア達と別れたニールは、二ブロック先の工房通りに向かった。

少し入り組んだ道の奥に、夜は酒場にもなるという小さな食堂があった。ハーパーの屋敷に居座っているらしい用心棒たちが、ここ数ヵ月ほどよく通っているという店である。

その情報を事前入手していたニールは、そこで調査するべく入店した。

狭い店内には他に客の姿はなかった。腹はいっぱいだったので、ひとまず渇いた喉を潤すべく、水を一杯注文した。

「さて、早速店員を捕まえて情報収集でも――」

コップの水を半分にしたところで、口許を拭ってそう呟いた時、カランと店の鐘が鳴った。チラリと目を向けてみれば、噂の通り早速それらしき男たちの来店があった。

彼らは全員が二十歳そこそこで、どこか田舎臭い（いなかくさい）チンピラグループといった様子だった。スキンヘッドやモヒカンといった、目立つ髪型と髪色。若々しいながら屈強そうな身体には薄地の衣装と、武器ベルトには使い古された大小バラバラの武器が差されていた。

彼らのベルトには、特徴のある同じ焼き印があった。

それは数年前に、よろしくない仕事ぶりで警備隊としょっちゅう衝突していた、元不良少年たちによって結成された『灰猫団（はいねこだん）』のマークだった。子分グループだった元少年たちをどんどん傘下に加えて行くというやり方で急速に拡大し、組織的な団となった未成年傭兵集団だ。

現在、ようやく二十代になったばかりの彼らが、犯罪依頼を受けたりその助っ人業をしたりと、裏ギルドで金を稼いでいるという事は風の噂で聞いていた。

「店員の姉ちゃん、いつものメニューで！」

入店してきた男たちは、元気よくそう言うと、中央のテーブル席にドカリと座った。

すると、早く帰ってくれと言わんばかりの待ち時間のなさで、デカい定食セットが出てきた。早々に食事を始めてからも、彼らはずっと大きな声で喋り通している。

どうやら、最近『灰猫団』の子分グループに加わった新参チームであるらしい。話を聞いていたニールは、彼らのチーム名が『ピーチ・ピンク』だと知って大きな衝撃を受けた。正直言うと、過剰反応で吐きそうになった。

ムキムキのチンピラなのに、ピーチピンク、だと……!?

どっから『ピーチ』と『ピンク』が湧いて出たんだよ。パッと見た感じ、君たちからは「筋肉」「ゴツイ」「武器」「漢」ってキーワードしか浮かばないよ。

そのチーム名を背負うとか絶対に無理、というか絶対に嫌だ。

俺だったら即脱退している。そのグループ名が一番誇らしい、と口にしている屈強な若者たちの感性がちっとも理解出来ないのは……多分、俺、歳かもしれない。

そう色々と思うところが全部口から出そうになったニールは、もう必死に唇をぎゅっとしめて、妙な事になっている表情を隠すようにテーブルだけを見つめていた。

現在ハーパーの屋敷に居座っているらしい『灰猫団』の情報を得るために、逃げ出さず頑張った。じっと耐えて、十五から十七も年下の彼らの話に耳を傾け続けた。

妹、ピーチ、妹、ピンク、ピーチ・ピンク最高、妹は天使、多分リーダーは空も飛べるはず、つまり全部かっけぇ――……。

早く必要な情報をこぼせよぉぉおおおおおお!?

全然まとまりのない男たちの話に、ニールは激しく頭を抱えた。この筋肉ムキムキで顔に傷跡もある若造共は、スキンヘッドやモヒカン頭で一体何を考えているのか?

年齢の開きのせいか、三十七歳のニールにはちっとも理解出来ないでいた。その間も彼らの話は続いていて、「可愛いは正義」という言葉が出てきた時には、テメェらはちっとも可愛くねぇよ、と手で顔を覆って、心の中で泣きながら突っ込んでしまった。

やべぇ、久し振りに心が折れそうな仕事だ。

このまま泣いて逃げ帰ってしまいたい。男たちから聞こえてくる会話の中の単語が、彼らの容姿には全く不似合いな「ピーチ」やら「ピンク」やら「天使」やら「妹」やらといった摩訶不思議(まかふしぎ)なキーワードで彩られているせいで、いよいよ頭がおかしくなりそうだ。

時間的には、まだ十分も経っていないだろう。

それだというのに一人ツッコミで、どっと疲労感、ショックから泣きへ、そして苛立ちから怒りへと感情も忙しく変わっている。

その現状を自覚して「チクショー俺が情緒不安定ッ」と今にも叫び出したくなった時、ニールはハッと気付いた。

ちょっと待てよ、と、ふと冷静さを取り戻す。もしやと思って少し考えてみる。事実的に俺は三十七歳、相手は二十歳そこそこの青年(ガキ)。つまり――。

これが大人とガキの『分かり合えない部分』ってやつじゃね!?

「……………」

まぁ難しい事は分からないけれど、多分、世代の違いとかで、会話が理解出来ないとかいう隔たりがある感じなんだと思う。

だって確か昔、グイードさんがそんな事もあると口にしていた気がする。グイードさんは、俺の隊長が『不慣れな頃に色々と教えてもらった先輩だ』と笑顔で言っていた人だから間違いない。

こうして未知の会話のように聞こえるのも、世代間ギャップというやつなのだろう。

それはそれで、なんだか恰好いいような気がする。

中央のテーブル席でまたしても「リーダーは空も飛べるはず」「妹は天使！」とテンション高々に騒ぐやりとりが聞こえてきたけど、おかげでその謎の掛け声も気にならなくなってきた。

ニールは、真剣に彼らの話に集中する事にした。

すると、次のオークションが近日中に開催される予定で、現在ハーパーの屋敷には、リーダーグループ『灰猫団』が居座っているという事が分かった。そして、そこには傘下グループの中でも中堅とされている『ストロベリー・ダイナマイト』もいるらしい。

どうやら今回は、新傘下の『ピーチ・ピンク』を加え、この三チームが用心棒に当たるようだ。軽く見積もっても、総人数は五十名を超えるだろう。

「全員が、十代後半から二十代になりたてのメンバー、か……」

ニールは、口の中で真面目な声色を落としながら、実のところ色々と思っていた。

というか、癖のある子分グループ名、多くない？『ピーチ・ピンク』も十分強烈だったのに、それを超える『ストロベリー・ダイナマイト』って……これ十代の頃にノリで付けてそのままってパターンじゃね？ 思春期の黒歴史とかじゃないよね？

他にも『灰猫団』の傘下にいるであろうグループを想像した。これ以上、変なグループ名を知る事はありませんようにと心の底から願って、ニールは一人合掌した。

おかげで『灰猫団』を筆頭に、その傘下集団に対しては警戒心を覚えられなくなってしまった。恐らく人数的な面で言えば厄介なのは間違いないだろうし、相手にするとなると面倒そうだけど、黒騎士部隊(ウチ)の強敵にはなれそうもない。

そう緊張感を失くしたところで、若い男たちが二十代の女性店員を茶化す声が聞こえてきた。

「相変わらずいい胸してるよなぁ」

「ははっ、揉ませてくれよ〜なぁんつってな！」

物を食べ進めながら、そう軽く冗談を言い始めた。その小さく騒ぎ立てる声を聞いた途端、ニールはこれまで一方的に受けていたストレスで、ブチリと切れた。

これぱかりは無視出来ない件である。

大人として、ガツンと言ってやらなければ気が済まない。ニールは椅子を蹴る勢いで立つと、隣の椅子に片足を乗せて「おいコラ！」と、彼らに人差し指を突き付けた。

「いいかッ、よく聞け若造共！　直接服の上から触って何が面白いんだ⁉　パンツも下着も、覗き見て中身を想像して、くふくふ楽しむもんだろうがぁぁあああ！」

堂々と触る事を求めるなんて、覗き主義に反していて言語道断だ。

つまり今回の騒動は、そのちょっとした互いの意見の相違からだった。その一喝が若者たちとの間に大きな亀裂をうんでしまったようなのだ。

そうニールが得意げに説明を終えた時、マリアとジーンは完全に沈黙していた。情報収集の件がバレたわけではなく、怪しまれたというわけでもない騒動の『原因』に、呆気に取られた。

「つまり喧嘩したのか？」

話の流れをよく摑めなかったらしいヴァンレットが、自分よりも背丈の低いニールを見下ろしてそう口にした。きょとんとした様子で、ゆっくりと首を右に傾げる。

三

相変わらず、個人的な感想の多い報告だった。

走りながら一通り話を聞いてやったものの、もう少し短く出来たんじゃないかとも思ってしまう。

とはいえ、経緯はよく分かった。ややあってから、マリアは「なるほど」と一つ頷いた。

「意見がぶつかった結果がコレ、と――阿呆！　結局はお前のせいだろうが！」

「あいたッ、なんでそこで脇腹殴んの⁉　俺、ちゃんと情報収集してきたよ⁉」

その時、ヴァンレットをマリアに任せていたジーンが、自分より背の低いニールの首に腕を掛けた。

「ふぅ、ニール、お前日頃から緊張感なさ過ぎだって。おじさんもさぁ、さすがにフォロー出来ないっていうか」

「いててててッ。副隊長マジで首が絞まってます！」

騒ぐニールの首を絞め上げつつ、ジーンは「どうしたもんかなぁ」と悩ましげに吐息交じりに呟く。

「初（しょ）っ端（ぱな）の下見で一暴れするってのも、慎重さに欠けるしなぁ。相手は下っ端グループとはいえ、これから潰すメンバーの一味だし、ここは後先を考えて回避するのが無難――」

そこで、彼が「あ」と思い出したようにマリア達を見やった。

「そうだ、お前ら剣は抜くなよ？　一目で騎士団の人間だってバレちまうからな」

王宮騎士団の剣には、軍部所属である事を示す特徴的な装飾と印が施されている。それを見られたら、一発で警戒されてしまうだろう。怪しい四人組という印象を残さないためにも、一戦を交えるのは避けた方がいい。

というか、そもそもこれから叩きのめす相手と騒ぎを起こすなよ……。

心労を覚えたマリアは、目頭を揉み解しに掛かった。ジーンから解放されたニールが「なんで怒られたんだろ俺」と呟く声を聞いて、つい「ぐぅ」と呻いてしまう。

ヴァンレットが、握られた手の先にいるマリアを見下ろした。様子を見て首をコテリと右へ傾けると、それからのんびりとした眼差しをジーンへ向けた。

「ジーンさん、素手ならいいという事ですか？」

「ん？　まぁ抜刀しなけりゃ――て違うぞ、ヴァンレット。まず、そういう問題じゃねぇからな？」

　そもそも戦闘を避けるべきなのであって、と続けようとしたジーンの言葉は、物騒な飛翔音が聞こえた事で途切れた。

　背後に攻撃の気配が迫るのを察知した全員が、一瞬で戦闘モードへと意識を切り替えて目を走らせる。真っすぐ飛んでくるのは、重さと殺傷力が中程度の石斧だった。

「ニールしゃがめ！」

　それが後頭部への軌道であると視認してすぐ、マリアは自分の部下を守るべく反射的に鋭く叫んだ。強い指示を受けたニールが、身体に染み付いた条件反射のように「はい！」と答えながら、咄嗟に頭を抱えてしゃがみ込む。

　そんなもの叩き落としてくれる。

　きゅっと地面を踏み締め、振り返りざま右足を振り上げようとした。

　だが唐突に、握っていた手をヴァンレットに力強く引き寄せられた。予想もしていなかった妨害に「おわっ!?」と声を上げて、マリアは振ろうとしていた足を引き戻した。

　広がったローブの下で、膝丈のスカートがふわりと舞う。

　ジーンが『標的』へ目を向けたまま、彼女の小さな後頭部に手を回して軽く下げさせた。

　それと同時にヴァンレットが一歩踏み出て、飛んできた石斧を大きな手で受け止めると、握り潰した。

「ヴァンレット、よくやった」

「いえ、ジーンさん」

十六年前と変わらず、ジーンとヴァンレットが視線も交わさずに言う。

一瞬呆気に取られたマリアは、ヴァンレットが名ばかりの隊長補佐ではなかった事を思い出した。そういや部隊一の怪力でもあったなぁと、緊張感もなく思う。

負の感情を持たない男だったので、その怪力が『味方』に向けられる事はなかった。しかし、ひとたび敵陣に飛び込むと、野獣の如く止まらなかった。拳一つで強固な鎧を打ち砕き、剣一つで防具ごとあっさりと相手の身体を突き破ってしまう屈強な騎士だった。

そう思い返していると、チンピラ達がギョッとしたような表情をしているのが目に入った。自分たちがすっかり立ち止まってしまっている事に気付いて、マリアは「あ」と我に返る。

チラリと視線を向けてみると、ジーンがフッと緊張を解いて「よし」と明るい声を出した。しゃがんでいたニールが「もういいっぽい?」と呟いて身を起こす。

「ねぇさっき、お嬢ちゃんのすんげぇドスが効いた一喝が聞こえた気が――」

「ははは、気のせい気のせい。立ち止まってたら追い付かれちまうし、行こうぜ」

ニールの言葉を遮るようにジーンがそう言って、わざとらしいくらい爽やかな笑みを浮かべた。いまだ首を捻っている彼の背中を、ぐいぐい押して再び走るよう促す。

それに続こうとしたところで、マリアはヴァンレットが動かない事に気付いた。繋いだ手はビクともしない。訝って振り返ると、ジーンとニールも異変を察してすぐに足を止めた。

ヴァンレットは、相変わらず笑っているような呑気な表情を浮かべていた。だが、若い男たちを捉えている瞳孔は開き切っており、戦場で見せるような冷やかな闘気をまとっている。

どうやら、完全に戦闘スイッチが入ってしまったらしい。マリアは、久し振りに見るブチ切れた超大型の元部下の、古い傷跡がある横顔をポカンと見上げてしまう。

「え。というか、どこでスイッチが入った？」

思わず言葉をもらすものの、ヴァンレットがこちらを見る様子はない。

少し先で立ち止まったジーンが、「マジか」と僅かに目を見開いた。ニールが「え、このタイミングで？」と、二十歳くらいの青年にしか聞こえない声を上げた時、ヴァンレットがゆっくりとマリアから手を離して、目も向けず「ジーンさん」と呼んだ。

「素手であれば、『子供を教育的指導』しても問題ないですよね？」

「おい待て、ヴァンレット。お前、ちょっと落ち着――」

ジーンが言い掛けた時、ヴァンレットがようやく視線を返した。珍しくニッコリと笑うと、節くれ立った太い指をゴキリと鳴らした。

「少し、行ってきます」

そう言うと、男たちへと向かって走り出した。

マリアは離れて行くヴァンレットの大きな背中を、ジーンやニールと一緒になって見送ってしまった。

一度スイッチが入ったら、あの大男を言葉で止めるのは無理だ。時間の経過による『忘れて落ち着く』を待つか、かつてオブライトだった頃のように拳骨を落とすしかない。

「…………おい、ジーン。どうするよ」

「…………どうするって言われてもなぁ。止めるんだったら力ずくになるし」

言いながらジーンは、悩ましげに頭をガリガリとかく。

「とはいえ今の状況だと、俺たちも騒ぎに飛び込む事になるからよくねぇしなぁ。変なところであっさりスイッチが入っちまうのも、うちの部隊の困った特徴だよな」

マリアは、黒騎士部隊は騒がしい人間ばかりだったな、と遠い目で思い返した。自分以外の全員が、落ち着きない男たちだったという覚えがある。

そう思い返す傍らで、ジーンは誰にも聞こえない小さな声でぶつぶつ言っていた。

「俺以外短気なの多くね？　というか、あいつどっかで気付いてるんじゃねぇの？　どう見ても『尊敬する上司関係で切れた』って感じなんだよなぁ」

頬に傷を作った時と一緒。あいつの切れどころってオブライトだけだったし……困ったようにそう呟く。

その時、ヴァンレットの後ろ姿を見ていたニールが、「なんだかなぁ」と吐息をもらした。

「あいつ、ああ見えて短気なところがあるよなぁ。俺みたいな冷静さが足りないんじゃね？」

「おい、ニールよ。お前が一番、落ち着きがないからな？　俺、毎回苦労しちゃってるんだからな？　この中じゃ俺が一番冷静だろ」

そんなやりとりが聞こえて、マリアは二人の元部下へと目を向けた。

いや、毎回苦労してんのは隊長の自分だったからな。お前ら二人とも冷静さが足りないって、何度も説教したのは忘れてないからな――と思う。

自分こそは短気ではないと認識している三人は、ヴァンレットが向かって行った先にいる男たちが「やる気か!?」と警戒の声を上げるのを聞いて目を戻した。

「とりあえず、ヴァンレットは放っておこう」

衝突まであと少しと見て取ったジーンが、溜息交じりにそう言った。

「あいつは加減するから、ガキんちょを教育するってレベルだろ。それに多分、数分もしないうちに切れた事も忘れる。俺らは大人として、後先を考えて行動しようじゃねぇか」

あの騒ぎに飛び込んで、へたに騒動を大きくする方がよろしくないだろう。

こちらは、先に目的地に向かった方がいい。ヴァンレット自身には危険がないはずだと見て、マリアも「そうね」と相槌を打った。

「私もそれに賛成よ。ヴァンレットは、後で迎えに行きましょう」

「俺も異議ねぇっす！　大人な対応っすもんね！」

そう互いの意思を確認して走り出した。

すると、「待て赤髪ぃ！」とスキンヘッド頭の男が声を張り上げてきた。

「俺はッ、テメェだけはぶちのめさないと気が済まねぇ！」

かなり私怨の込められた声だった。短い接触にもかかわらず、個人的にぶちのめしたいくらい怨(うら)みに思っているらしい。

二人は、黒騎士部隊時代の最年少組の問題児へ目を向けた。ニールは、全く身に覚えがないという様子で「ん？」と首を捻っている。

「……ニールさん、あの男の人凄く怒っているみたいですけど、一体何をしたんですか？」

「とくに何もしてないよ？　俺、覗き談義しただけだし」

疑う目を向けられたニールが、マリアをきょとんと見つめ返しながら答える。

隣からジーンが、覗き込むようにして「ほんとかよニール？」と確認してきた。

「あのスキンヘッドのガキ、すげぇ根に持っているみたいなんだが………はは っ、まさか相手さんも、お前と同レベルの思考と趣味主義を掲げているわけじゃ――」

ニールから聞かされた彼らの様子を思い返して、嫌な推測をしてしまう。思わず乾いた笑みを浮かべたジーンの言葉は、スキンヘッド男の「赤髪ぃ！」という叫び声で遮られた。

「てめぇの『お触りを求めない主義』も男として許せんが、よくも店員ちゃんの胸を底上げだと貶しやがったな!?　整えられて盛られているからこその良さってものがあるんだ！」

一体なんの話だろうか。

マリアとジーンの表情は、それを聞いた瞬間ピキリと固まってしまった。性的に少年レベルの内容が意外過ぎた。

「何度も言ったが、その良さは男として認めるべきだろう！」

向かってくるヴァンレットに気圧される事なく、スキンヘッド男が指を突き付けてそう断言した。その後ろから「リーダーかっこいい！」という声が上がっている。

直後、ニールの方からブチリと何かが切れる音がした。

「馬鹿ヤロー！」

ニールは足を止めると、勢いよく男たちの方を振り返って怒鳴り返す。

「覗きで鍛えた俺の目をナメてんじゃねぇぞ！　というか底上げした胸を見ても、妄想出来ないから楽しくねぇって、俺、――何度も言っただろうがぁぁあああああ！」

怒りの叫びを上げながら、ニールは男たちに向かって走り始めた。

ヴァンレットの突進を止めようとした一人の若者が、あっさり放り投げられた。その脇から飛び出したスキンヘッド男が、「赤髪ぃぃぃぃぃ！」とニールに向かって叫ぶ。彼らは互いに「うおおおおおおッ」と雄叫びを上げながら距離を縮めて行く。

「くっだらねぇ！」

思わず立ち止まってその様子を見ていたマリアは、心の声のままそう叫んだ。

奴もヴァンレットの事は言えないだろう。というか、揃いも揃って短気な阿呆ばかりだ。むしろヴァンレットより、ニールの方が格段に阿呆度合いがひどい。

「あいつら阿呆だろ！　というか『底上げ論』が争点とか、阿呆過ぎるッ」

「おぉ……、阿呆って二回も言ったな、親友よ」

ジーンは『名口癖』を連発したマリアを見下ろし、ゴクリと唾を呑んだ。まさかニールと同レベルの馬鹿を見る事になるとは思ってもいなかっただけに、共感する。

「……まぁ十六年経って、斜め上方向にクセが強化されたんだろうなぁ。俺としては色々とそういうチームを知っているだけに、あの『ピーチ・ピンク』も珍しいタイプで気になるというか」

独り言のように言いながら、少し思うところがあるというように「ふむ」と無精髭をさする。ぶつかり合ったニールとスキンヘッド男が取っ組み合いを始め、他のチンピラ達も武器を手にしないまま喧嘩に参戦する様子を、ジーンはしばし眺めやった。

ヴァンレットが、正規の騎士流体術で若者たちを軽々と吹き飛ばした。傭兵時代に鍛えられた下町の喧嘩技で、ニールが周りの若者を蹴散らしながらスキンヘッド男と殴り合う。

その様子を見たマリアは、頭痛を覚えて目頭を押さえた。

「あいつら、好き勝手に暴れやがって……」

小さくこぼした後、口から「ぐぅ」と声がもれた。

気付いたジーンが目を向けて、親友の細く華奢な肩を、元気付けるように普段の調子で叩いた。

「親友よ、気を取り直して行こうぜ。事が終われば、ニールがそのままヴァンレットを回収してくれると思えば、まぁ悪くないかもしれないだろ？」

マリアは、肩に走る鈍い痛みに顔を顰めた。こいつ、相変わらず女だと思っていないな……と忌々しげにジーンを見上げる。

「まぁ確かに、ニールならいつも通りにヴァンレットを回収するだろうな」

「そうだろ？　とりあえずはさ、俺たちの方で先に屋敷をチェックしちまおうぜ」

親指を立てて、ウインクしながらそう言ってきた。

その方がスムーズに事が運ぶのは確かだ。マリアは、ふぅっと息を吐いて眉間から力を抜いた。先程からニールやヴァンレットに『大人な対応』をするようにと注意していただけあって、ジーンは大丈夫そうだ。きっと、これ以上状況が悪くなる事はないだろう。

「そうだな。先に行こうか」

そう答えて一緒に走り出した。互いのローブが、バタバタと鳴るのが聞こえてきてすぐ、ジーンが思い出したように溜息交じりに言った。

「それにしても困った部下共だぜ。まんま昔のノリだもんなぁ」

「ニールは昔よりも悪化してないか？」

「うーむ、外に『おつかい』に出して目を離している間がまずかったか。まぁ、あれだ。ここは大人として慎重に行動するとはどういう事かを、俺らが見本になって教えて――」

その時、後方から「あぁっ！」と、無駄に肺活量を使った若者の叫びが上がった。

「『無精鬚パパ』が、『娘』を連れて逃げちまう！」

「『子連れパパ』めッ、逃走を選んだのか⁉」

「さては『デカい息子たち』に場を任せるつもりなんじゃゃね⁉」

直後、一際大きく、ブチリと何かが切れる音がした。

マリアは、隣で喋っていたジーンが、突然静かになったので嫌な予感がした。まさかと思って目を向けようとしたら、彼が両足を踏ん張って急停止した。

「おいコラあああああ！　誰が『パパ』と『娘』だって⁉」

がばりと振り返ったジーンが、喋っていた男たちの方をギロリと睨む。

「どっからどう見てもッ、――親友コンビだろうがぁぁあああああああ！」

そもそもあんなバカデカい息子いねぇよ俺の事いくつだと思ってんだよ、と雄叫びを上げると、そのままジーンは凄まじい形相で騒ぎに向かって突進して行った。

「ってお前もかよ！」

その後ろ姿が遠くなるのを見て、マリアは遅れてそう叫んだ。先程の台詞は一体なんだったのか。やっぱり奴らは、揃いも揃って怒りの沸点が低過ぎる。

昔と変わらない元部下たちの暴走ぶりに、「ああもうッ」と頭を抱えてしまう。ジーンの切れどころも、相変わらずよく分からない。大人としての慎重さはどこへやったのか、パパ呼ばわりした青年を、ジーンはあっという間に摑まえていた。

「クソガキめ、教育的指導してやらぁぁあああああ！」

そして雄叫びを上げながら、こめかみや手に筋を浮かべて容赦なく空へ放り投げた。


仲間が砂袋のように宙を飛んで行く光景を見て、先にヴァンレットやニールとやり合っていた若者たちがざわついた。一旦、態勢を整え直すように後退する。

「今の見た!? ガイザーが『無精鬚パパ』に吹っ飛ばされたんだけどぉぉぉお!?」

「リーダーッ、人間ってあんなに空を飛ぶの!?」

「やべぇよリーダー！　あのバカデカい男は力も半端ねぇし、あの赤毛も意外と喧嘩慣れしてるみてぇで、ムカツクぐらいバカスカ殴られちまうんだけど!?」

「ひとまず落ち着けお前らッ」

実際に、何度も赤毛男と殴り合っているスキンヘッドが言った。こう見えてまだピチピチの二十歳であるリーダーの彼は、もう二十発くらいは殴られていた。

「くっそぉ……『妹ちゃん』の事を考えて素手作戦で行こうと思ったが、こうなったらやるしかねぇッ――てめぇら、武器を構えろ!」

男たちは、腰元の立派な刃物には触れずに打撃用の武器を取った。元々刃物系の武器は使った事もなかったから、刃物を得物にするという選択肢はなかったのだ。

盗賊剣も短剣もサーベルも「持ってたらなんか恰好よくね?」という、ノリとテンションで携帯しているだけの中古品である。試し斬りも手入れも全くしていないので、そもそも自分たちが持っている刃物が今でも斬れるのかどうかも分からないでいる。

チーム『ピーチ・ピンク』のメンバーにとって、破れた服を自分たちで繕う際に使う針と、自炊でどうしても触らなければならない包丁は、母親が落とす雷の次に怖いものだった。

うっかり指先を刺したり切るたびに、「俺らに刃物とか無理ッ」と痛感していた。

いつか、そんな家仕事をやってくれる恋人が現れたらいいなぁ……と思いながらも、今は自分たちでやる日々だ。何せ贅沢(ぜいたく)は出来ない。育ててくれた親や可愛い弟妹たち、世話になった孤児院への仕送りを減らすわけにはいかないからだ。

たとえ三日くらい食えなくても、自分たちは身体だけは頑丈で健康なのだ。

悲観は知らない。ただただ持ち前の荒くれさとポジティブな心があるから平気だった。

彼らの故郷である小さな町は、警備隊が悪党共に買収されたために無法地帯と化し、違法商売や暴力がはびこって荒れ果てていた。チームの喧嘩力と抗争が全てを決める、最下層地域だった。

『でもそれがどうした』

そう笑い飛ばして縄張り合戦に挑んだ。

小さな町だった事もあって「俺らのものだぜ！」と『ピーチ・ピンク』のチーム旗を立てるまでには時間も掛からなかった。今では、ちょっかいを出してくるよそのチームもいなくなっている。

ただ、最近になって笑えない事情が出来た。メンバーの一部が世話になっていた孤児院で、重い病にかかった子が出たのだ。地面に頭を擦り付けて町の医者に治療を頼んだものの、バカ高い薬代を払うためにはまとまった金が必要だった。

一昔前は、少年チームや若い傭兵の話を聞いてくれるところもあったらしい。

そこに行けば『黒なんとか』という部隊が、気前よく仕事をくれたりしたのだとか。

当時の習慣が引き継がれているのか、今でも偉い騎士様や役人がスカウトにきて専属の雇用契約を結び、安定した給料と仕事をくれる事もあるらしいという都市伝説を噂で聞いた。

まぁ所詮は作り話だろう。かなり高い地位にある人間が、平気な顔で下町を出歩くというのも想像が付かない。

そもそもこんなチンピラ相手に『仕事の話』をくれるなんて、あるわけがないだろう。

とにかく、まずは町医者に払う薬代が必要だ。そう思って色々と探した結果、安定して仕事をもらえると評価の高い『灰猫団』に行きついた。まとまった前払い金をもらえるとの事で、その傘下に入る事にしたのが先週の話だ。

『お前らの武器って、ナイフもサーベルも統一されてないんだな』

『全部癖のある武器で恰好いいいぜ』

入団面接の際、『灰猫団』のリーダーにそう褒められた。

『結構使い古しているみたいだが、普段はそれをメインに使ってるのか？』

続けて幹部メンバーに訊かれ、つい条件反射で頷いておいたのだが――これ、バレたらまずいんじゃね、と昨夜になって気付いた。

武器を取り出したところでその件を思い出し、彼らは「あ」と呟いて一時停止した。

「――リーダー、そういえば朝に予定していた『ひとまず革鞘(かわさや)から抜けるかを確認しよう！』を、すっかり忘れてました」

「あ～……しまったな。トラジローの訪問があったし、またドロだらけになっていたから、お湯を用意したりとバタバタしてたし――うっかり忘れるのも仕方ねぇ」

リーダーことスキンヘッド男が言うと、仲間たちも真面目な顔になって賛同した。

「うん、仕方ねぇっすね。手に収まるチビスケっすもん」

「トラジロー、いつも突然、窓から俺らの顔面目掛けて飛んできますもんね」

「ウチらがあの建物を隠れ家にしてから、この一週間、毎日きてるよな」

「この地区で『猫』って珍しいっすよねぇ～」

国の中心地に近いほど、野良猫や小型の鳥類といった小動物の姿は見られなくなる。

フレイヤ王国は、生息している動物の種類も少ないという特徴があり、王都から馬車で二時間の距離に『人懐っこい野良猫』がいるというのは珍しいのだ。

遠くからやってくる商人から、ペットとして購入する貴族はいる。しかし、あの猫は柄がごちゃごちゃとし過ぎていて、どうやら愛玩向けというわけでもなさそうだ。

濃縮されたトラ柄模様が顔にも入っていて、貴族なら飼わないだろうなというくらいに毛並みは美しくない。出会った当初は汚れ切っており、産み落とされて間もなく親とはぐれたくらいのチビで、とにかくガリガリに痩せ細っていた。

ソレは彼らがこの町に到着した日の夜、廃墟(はいきょ)の窓の下に小さくなっていた。

見捨てておけなくて、爪を立てられながらもその『仔猫(こねね)』を風呂に入れて綺麗にした。

耳の先の毛の一部がやたらと伸びていたので、邪魔だろうとカットもしてやったのだ。

あの夜の一件で、どうも懐かれてしまったらしい。

仔猫だが脚力はあるようで、彼らがいる廃屋の二階まで登ってくる。そのうえ賢いのか、必ず窓から人の顔が覗いたタイミングで、顔面に飛び付いてくるのだ。

「俺らの収入が安定していれば、飼ってやれるんすけどねぇ」

「…………馬鹿言うな、『家』がある人間に飼われた方が、あいつは幸せになれるだろ。俺らは定住の身じゃねぇし、あいつは女の子だしな――ぐすっ」

「リーダー元気出してッ、俺も泣きそうになるから！」

猫とは、裕福な家で飼われるものだ。とくにメス猫は家に懐くと言われていて、大きくなると仕草も優雅になる事から、一部の貴婦人方には需要があるらしい。

商人に言わせれば、美しくない柄模様かもしれない。

貴族の奥様方に言わせれば、毛だって長くないし優雅さはないかもしれない。

でも野良猫にしては愛嬌もあるし、本物の黄金みたいな金色の瞳も珍しい。よくよく見れば、顔だってとても可愛らしいのだ。出来ればココの仕事が終わるまでには、優しい誰かがあの仔猫を家族に迎え入れてくれたらいいのにと思っている。

数日ほど性別を確認するのを忘れて『トラジロー』と仮の名前を付けてしまったが、あの幼さであれば、新しい名前を覚えてくれるのも早いだろう。

「リーダー、実は俺、朝一番に初めてサーベルを革鞘から取り出してみたんですよ」

涙を拭ったリーダーに気付いて、仲間が話題を変えるようにそう話を戻した。その真面目な顔へ一同の目が向く。

「――で、どうだった？」

「錆びてこげ茶一色になってました」

「先月買ったばっかりなのにな。ひでぇ店もあるもんだ」

「不良品買わされたんだな、どんまい」

「ところでさ、なんで武器の刃物って錆びるんですかね？　包丁よりも湿気とかに弱いの？」

その疑問について首を捻った彼らの頭には、「要手入れ！」「流血！」というキーワードが微塵にも出てこないでいた。人を斬り殺す道具であるという事が真っ先に思い浮かばないまま、彼らは揃ってハッとする。

もしかしたら騎士たちは、『剣』が錆びないように何かしら相当苦労しているのではないか。そう一つの結論に達した途端、騎士って結構裏方で苦労しているのかも、と『騎士様』にめちゃくちゃ同情してしまった。

「やべぇ、また涙がポロッと出そうッ」

「俺の涙腺も決壊しそう」

「騎士って可哀想……っ」
実は地味に努力と苦労を続けているらしいと想像して、うっかり涙腺も緩んだ。もし騎士たちを見掛ける機会があったら、目で労（ねぎら）いの気持ちを届けてやろうと思う。
結局『ピーチ・ピンク』の若い男たちは、元々自分たちが何を考えて一時後退したのか忘れたまま「よしッ、行くか！」と声を上げて、再び喧嘩のために動き出した。
若者たちが少しの間、動きを止めていた様子を、ジーンは「へぇ」と見ていた。何を話
しているのかは分からないが、今時『珍しくて面白い』連中だな、とニヤリと呟く。
「こういう出会いも久々だぜ。――おい若造共！　殴り合いならおじさんも負けてねぇ
ぞ！」
向こうが動き出すのを見て、暴れたくてたまらないという顔で走り出すと、まずは『ピー
チ・ピンク』の男たちの武器による攻撃をあっさりと避けてみせた。
「ははは、拳より遅いなぁ。やるんなら素手の方がいいんじゃね？」
言いながら、ひとまず力を調整して、軽めの右ストレートを突き出した。
中途半端なモヒカン頭の青年が、慌てて両腕でガードする。武器は手放さず、地面の上
を僅かに後ずさった程度でこちらの威力もきちんと殺せている。図体がデカいだけかと思っ

たが、バランスよく鍛えられている事が伝わってきた。

「はははははっ、いいね。楽しくなってきたなぁ」

「……ッ、おっさんの拳がめちゃくちゃ重い……！」

「俺のパンチ力なんて、友人の中じゃ多分『普通』だぜ～。親友のマジの拳骨とか、本気でやべぇから」

俺の頑丈な石頭にもガツンとくるんだよなぁ、とジーンは悠長に思い出しながら「そぉれっ」と言って右足を振り上げた。若者が持つ武器に重い打撃を与えて叩き落とす。

「まずは素手で行こうや。おじさん、痛いのは勘弁だからさぁ」

ジーンは体勢を整えると、右手で誘いながらそう言った。


そんな中、ヴァンレットの方は、既に当初の怒りを忘れているようだった。いつもの表情に戻って「脇が甘いぞ？」とのんびりと言っては、向かって来た若者に対して部下に稽古を付けるみたいに素手で叩き伏せていた。

その近くでは、ニールが手品師のように相手の武器を奪い取って笑っている。

「ほーら、武器の使い方がなってねぇから、簡単に盗(と)られちゃうんだぜ？」

調子に乗った口笛を吹き、そのまま相手の攻撃をそっくり真似てやり返す。

そんな騒ぎの様子を、マリアは唖然と見つめていた。三人の目や表情を見る限り、どれも当初の怒りや目的を忘れているようだった。

そもそも本物の戦場で戦い慣れているジーン達が、たかが打撃器を構えたくらいの相手に怯むはずもない。

「というかッ、何やってんだあいつらは！」

騒ぎがより増した状況に、マリアは思わずそう口にした。まるで相手の力量を測るかのように適度に手を抜いて楽しんでいるジーンに関しては、とくにぶっ飛ばしたい気分だった。

大人としての対応力はどうした。説教し返してもいいか？

このまま奴らを放っておくと、騒ぎはもっと大きくなる予感がした。それに、この土地に滞在しているという『他のチーム』の人間が、近くに来ないとも限らない。

ジーンがああなっている以上、ここは自分が止めるしかないだろう。奴らのよく分からない怒りは落ち着いてくれているようなので、ひとまずは説教がてら説得して撤退しよう。

マリアはそう考えると、相変わらず手間の掛かる奴らだと思いながら駆け出した。

「おい！　お前ら、少し落ち着――」

その時、スキンヘッド男がこちらに気付いて「駄目だってッ」と慌てたように言ってきた。眉間の皺がなくなったその顔には、垢の抜け切れていない二十歳の幼さがある。

唐突に敵意もない目を向けられて、マリアは「はぁ？」と思い切り顔を顰めた。すると彼が、ハッとしたように咳払いをした。

「おっほん。ガキは引っ込んでな！」

「は、『ガキ』……？」

ビシッと指を向けられて、何故か決め顔でスキンヘッド野郎にそう言われた。彼の近くにいた若者たちも「その通り！」と、どこか誇らしげに声を揃えて相槌を打ってきた。

「リーダーの言う通りだぜ！」

「俺らに『幼女枠』を殴る趣味はねぇ！」

「いいかリボンのお嬢ちゃん、こっちに来るんじゃねぇぞッ」

最後は念を押すように言って、彼らは暴れるジーン達のもとへと向かって行った。

マリアは、しばし動けなかった。一回りも年下のガキに子供だと言われた……とショックを覚えていた。そもそも幼女枠ってなんだ、そこまで幼い外見だと言いたいのか？

苛立ちも我慢の限界を迎えていた。

年齢について言われた際に「一回り年下のガキに」と思ってしまうほど、時代感覚が麻痺するくらいにストレスも溜まっている。

十六年経っても相変わらずな部下たちだけでなく、観察眼のない勘違い野郎の若造共を前に、マリアの堪忍袋の緒は、ついにブチリと音を立てて焼き切れた。

こうなったら手っ取り早く全員叩きのめして、騒ぎを終わらせてくれるわ。

すぅっと男たちを睨み据えた。白い華奢な指をゴキリと鳴らし、臨戦態勢を取るべく右足を前に滑らせると、キュッと地面を踏み締めて両手の拳を固める。

直後、マリアは地面を蹴って急発進した。一番近くにいた二人の若者の背中目掛けて跳躍すると、空中で縦に一回転して勢いを付けて背後に迫る。

そのまま彼らの後頭部をガシリと鷲掴み(わしづかみ)にして、一気に顔面を地面へ叩き付けた。容赦のない馬鹿力による攻撃の威力を物語るように、衝撃で土埃が舞い上がった。二人の若者は僅かに指先を震わせてから、ピクリとも動かなくなる。

その物騒な音と強烈な殺気に、若者たちがギギギギとぎこちない動きで顔を向けた。すると、そこに瞬殺された仲間の悲惨な姿と『リボンの少女』がいるのを見て、血の気を引かせる。

「…………え。嘘だろ？」

誰かがそんな呟きを上げた。

若者の襟首を持ち上げていたジーンが気付いて、「ん？」と目をやった。スキンヘッド男と素手での取っ組み合いを再開していたニールと、両手が空になったばかりのヴァンレットも、途端に醒めたようなきょとんとした顔をそちらへ向ける。

マリアは、足を広げてゆらりと立ち上がった。僅かに顎を持ち上げるようにして男たちを見つめ返すと、静かに睨み付ける絶対零度の表情で「おいコラ」と低く言う。

「――お前ら、覚悟は出来ているんだろうな」

出来ていなくても逃がすつもりはないが。

一同を瞳孔の開いた目で見据えたまま、そう呟いて掌に拳を叩き付ける。直前まで騒いでいた彼らがこちらを見ている様は、落ち着きのない黒騎士部隊をいつも拳一つで教育していた頃に見ていた風景と重なって、どこか懐かしいようにも感じた。

今、目の前にいるのは、三人の部下とチンピラの若造共である。少女の身とはいえ、部下たちは抜刀していないので数分も掛からないだろう。

そう計算しながら、マリアはひとまず全員沈めるべく走り出した。

四

それからしばらく経った頃、四人の臨時班の姿は森の中にあった。

揃いのローブを着込んだ三人の男と、大きなリボンを風に揺らせた一人の少女が、木々の間の高い茂みに身を潜めるようにしゃがみ込んでいる。

四人の視線の先には、開けた場所に建つ立派な二階建ての別荘風の建物があった。それはハーパーが所有している、例のオークション会場になっている屋敷である。

建物は、芸術品を収めているという名目に相応しい頑丈な造りをしており、鉄製の大扉の玄関が設けられている。数の少ない小さな窓は、どれも外側からは中が見えないようガラスが加工されていた。

左から、ジーン、マリア、ニール、ヴァンレットと並んだ四人は、その屋敷を静かに眺めていた。男たちの頭には、それぞれ隠せないほどの大きなタンコブがある。

「……なぁ親友よ。なんで俺らにまで拳骨を落としたんだ？」

彼らにしてはかなり長い沈黙の後、ジーンが屋敷を見つめたままそう言った。久々のマジな拳骨の感触に浸っていて、じっくり考えてからようやく疑問に思い至ったという様子だった。

マリアは、引き続き黙って屋敷を観察している。その沈黙に耐えかねたかのように、ニールがぶるぶると小さく震えながら控えめに声を発した。

「…………あのさ、お嬢ちゃん？」

恐々(こわごわ)と発言した彼は、それでも隣へ目を向けられずに続ける。

「もれなく全員まとめて制裁って、結構乱暴過ぎる判断だと思うんだ。マジでしばらく意識が飛んだし、殺気と躊躇のなさが、これまでの人生で俺を一番震撼させた人を思い出させたというか、とにかくすげぇ痛くて、この歳で目尻に涙が浮かんだんだけど……」

しかも意識が戻った時には、何故か自分だけロープで縛り上げられていたし、と続けながらニールは「ぐすっ」と鼻を啜った。このまま引きずり回されたくなかったら目的地まで口を閉じてろ、と逆らい難い威圧感を発する彼女に睨み下ろされたのだ。

例の『ピーチ・ピンク』の若い男たちは、まさに虎に狩られる兎(うさぎ)ほどの圧倒的な戦力差で、一分も掛からず全員トラウマ級に負かされていた。気のせいか、見覚えがある光景に思えて妙に親近感が湧き「分かる分かる、超怖いよね！」と同情したりもした。

だが、こうやって思い返してみても、やっぱりニールは、あの時の「見覚えがある感じ」がなんだったのかよく分からないでいる。

その後『ピーチ・ピンク』の連中は揃って正座させられ、威圧感たっぷりに「今日の事は忘れろ」と告げられていた。その直後、ふとマリアが「あ、記憶が飛んでくれるかもしれないな」と手刀を落とし、逃げる暇もなく全員が再び地面に沈んだ。

「何度思い出してもひでぇ、なんつう凶暴っぷり……っ」

ニールは、堪え切れず口の中で呟いた。記憶の件に関しては、なんか最近誰かで試して成功でもした口調っぽく感じたけど気のせいだよね？

そうぶつぶつ呟かれる独り言を聞いて、ヴァンレットが首を動かした。だんまりを決め込んでいるマリアを、ニール越しに不思議そうに見下ろして問い掛ける。

「便秘か？」

「んなわけあるか阿呆！」

違うに決まってんだろ！　完全な台詞の選択ミスだぞお前ッ。

マリアは、思わず素の口調で言って睨み付けた。このまま説教してやろうかとも思ったが、ヴァンレットが子供のような目で、ゆっくりと首を右に傾けるのを見てやめた。拳骨は一回くれてやっているし、ずっと怒っているのも馬鹿らしくなって息を吐く。

そのまま人の気配がない屋敷へと目を戻した。すると、既にそちらへ意識を戻していたジーンが、無精髭をさすりながら「ふうむ」と思案するように眉を寄せてこう言った。

「完全に鉄の扉だよなぁ、度を超すレベルで厚そうだが……」

「ざっと見ても『金庫並み』ね。多分、壁も相当厚いと思う」

二階部分は薄そうだが、一階がとくに頑丈な作りになっている。目測と経験から察して、マリアは元相棒にそう相槌を打った。

「正面突破が無理そうなら、内側から開ける手を検討してみるというのはどうかしら？」

「あ、待てよ、正面からでもどうにかなりそうだな。うん、これぞ適材適所！　――つうわけで、俺が当日までに策を用意しておくから任せておいてくれ」

何か面白い策でも思い付いたのか、ニヤリとそう告げられた。

いつも低予算で、一番効率のいい方法を思い付く男だ。だからマリアは、それ以上詳細を尋ねる事もせず、任せたと伝えるように頷き返した。

それを横目で確認したジーンが、馴染みの「おぅ」という相槌を打ってから続けた。

「『灰猫団』の連中は、まだ二十代になりたてのガキ共とはいえ腕が立つらしいし、まぁ、ほど良く緊張感を持って行こうとは考えてる。――で、どうするよ親友？　いつもの感じか？」

「二人一組。場合によっては、現場判断でバラけて一気に制圧する」

「となると俺がニールと、マリアはヴァンレットと、だな」

確認されて、マリアはコクリと頷いてから続けた。

「一気に畳み掛けるとして、一階と二階と、――ここって地下室もあるのか？」

「こっちで調べておく。追って役割を決める線で行こう」

「了解」

以上だと言わんばかりに、短い間で二人の話し合いは終了する。

それを目を丸くして見守っていたニールが、そこで「え、ちょっと待って」と口を挟んだ。

「お嬢ちゃん、なんかすげぇ手慣れてない？　意外でびっくりというか……なんか俺、こういうやりとりに見覚えがあるような気もするんだけど……？」

やっべぇ、考えてみれば今は『メイドのマリア』だった！

ジーンにつられて、うっかり現在の状況を忘れてあの頃のようにやってしまった、と遅れて気付いた。ニールやヴァンレットにとって、自分は今は『メイドの少女』なのだ。

取り繕わなければ、とマリアは慌てた。少女然とした表情に戻すと、顔を引き攣らせつつも口許に手を当てて、無理やり上品に笑ってみせた。

「お、おほほほほッ、気のせいですわよ!? ねッ、ジーン!?」

「へ？ ――ははははっ、当然だとも親友よ！」

ジーンが、かなり嬉しそうに力強く答えてきた。どこに嬉しいポイントがあったのか、ガバリと両腕を大きく広げたかと思うと、意気揚々と力強くこう宣言してきた。

「よしっ、親友よ。いつでも飛び込んで来ていいぞ！」

なんでそんな事を言われているのか、本気で理解出来なかった。

ちっとも以心伝心していないのは明らかだ。なんでフォローを求めたのにそうなるんだと思ったマリアは、「違うわ！」と素の口調で言いながら彼の頭を叩いた。

隣に座っているジーンが、「いてっ」と声を上げた。非難するでもなく、背を屈めて不思議そうに目線を合わせてくる。

「何が違うんだ？ 友情を確認する抱擁だろ？」

「阿呆か！ どこにそんな要素があった!?」

そう叱り付けても、ジーンは友情の抱擁とやらを諦めていないようだった。彼は相変わらず小さく手を広げて誘ってきていて、マリアは「しつこいッ」とその手を叩いた。

するると、その様子をきょとんと眺めていたヴァンレットの隣で、ニールが「あれ？」と言って首を捻った。

「そういや、ジーンさんの『親友』って呼び掛けも、どっかで……」

この野郎ッ、だからお前その言い方どうにかしろよ！　せめて時と場合を選べッ。

それを言葉にして伝えるわけにもいかないマリアは、腹の中で「畜生」と悪態を吐きながら、しゃがむジーンの背後に回って首に腕を回した。

そのまま「お・ま・え・はッ」と地を這うような声をこぼして、思いっ切り絞め技を掛ける。ジーンは苦しそうに「げほっ」と言ったが、それでも笑顔のままだった。

「親友よ。久々だけど的確に絞めてくるところは、さすがだぜッ」

唐突な二人の騒ぎっぷりを見たニールが、苦しそうなのに褒めている上司の反応に「え――――っ！」と叫んだ。

「ジーンさん、お嬢ちゃんに関してポジティブ過ぎませんッ!?　ちょ、マジで絞まってるから、お嬢ちゃんもそのくらいで勘弁してあげてッ」

「うむ。仲がいいなぁ」

「どこでそう見えてんの!?」

ニールは驚愕の表情で、がばりとヴァンレットを振り返った。お前の目はおかしいし、なんで羨ましそうなの、と信じられないというように口の中で呟く。

それを見たジーンが、カラカラと陽気に笑い出した。

「ははは。ヴァンレット、お前も交ぜてやる」

そう言うと、彼の首に腕を回して引き寄せた。ひどく上機嫌な様子のジーンに芝生頭をぐりぐりと撫でられたヴァンレットは、じゃれられていると勘違いしたのか、屈強な身体を少し揺らして「うむ」と楽しそうに身を任せて頷く。

マリアは、相変わらず説教の一つも真面目に聞こうとしない部下たちを見た。困ったように眉を寄せ、首を少し傾げながらも絞め上げる腕に力を込めつつ呟く。

「遊んでいるわけじゃないんだが……」

そんな彼女の落ち着いた声色とは裏腹に、ジーンの首からはギリギリと嫌な音が上がっていた。

ハッと気付いたニールが、「副隊長の危機ッ」と慌てて駆け寄った。マリアはジーンの首に両腕を掛けたまま、横から邪魔しに来た彼をあっさり頭突きで押し返した。

「いったぁッ、――ってなんで頭⁉」

「なんでって、腕が塞がっているからですわよ?」

「取って付けたような説明ッ。でもなんでだろ。なんか仲間外れにされたみたいで、もやもやするんだけど⁉」

ニールが頭を抱え、自身でもよく分からない悔しさを滲ませてそう言った。独り言にしてはデカい声量で、「せめて頭じゃなくて、拳骨とかさぁッ」と葛藤の声を上げる。

それを聞いたジーンが、絞め上げられている苦しさの中「はははは」と笑って、引き続き芝生頭をぐりぐりとする。犬みたいに撫でられているヴァンレットは、やはり三十代半ばには見えない若々しい顔で、少年じみた楽しそうな笑みを浮かべていた。

よく分からん奴だな、ジーンと同じようにされたいのだろうか?

そう思ったマリアは、「独り言がデカい」と注意しながら片腕で引き寄せてみた。そのまま彼の首に腕を回して、軽く絞め上げた。そういや、黙らせる時によくやってたなぁと、その馴染んだ手の感触にうっかり加減を忘れてしまった。

「なんだか懐かしいような――って、ピンポイントで的確に苦しいところが絞まってくるぅぅぅう⁉」

ニールが、数秒もしないうちに情けない悲鳴を上げて「もう降参!」と叫んだ。

それから四人は、王宮に戻るべくその場を後にした。

馬車に乗り込むに当たっては、来た時の苦労を教訓に『対策』を講じる事にした。マリアは無駄のない動きでニールを縛り上げ、ジーンは「ちょっとマリアに協力してやってくれ」とヴァンレットを上手く言いくるめて、その口に布を巻き付けたのだった。

十五章　自称ライバルのヅラ師団長

下見先に行く途中で予想外の一騒動があったものの、帰りの馬車内は平和だった。

速さ重視で乗り心地(ごこち)があまり考慮されていないタイプの、ほぼ男性向けの乗合馬車だったのも良かったのかもしれない。おかげで王都に入るまでの間、マリアもジーンも余計な精神力を削られずに、目を閉じて少し休む事が出来た。

「お嬢ちゃん凶暴過ぎ…………」

王都でようやく下車したところで、縄を解かれたニールが泣き事を口にした。

対するヴァンレットは、きょとんとした子供みたいな目をしていた。口に巻かれた布が外されるなり「ジーンさん、もう終わりですか？」と疑いのない眼差しで訊いてくる。

そんな目を向けられたジーンは、片手で目を覆い顔を伏せた。

「頼むから、そんなキラキラとした目で俺を見るな……。罪悪感が湧き上がってくる」

彼は、震える声でそう呟いた。

徒歩で王宮へ向かう間は、ヴァンレットの手をニールに引かせる事にした。

ニールにとってヴァンレットは部隊の中で唯一の後輩であり、弟のようにしっかり面倒を見ようとするところがあった。だから二人が手を繋いでいる間は、騒動を起こす事も少なかったのだ。

マリアは、ジーンと並んで先を歩きながら、肩越しにチラリと彼らを振り返った。

あれから十六年という歳月が流れたはずなのに、そうやって並んだ凸凹の元黒騎士部隊最年少組は、あの頃とほとんど変わりないように見えた。ニールが率先して喋って楽しませてやっているところも同じで、こっそり苦笑してしまう。

彼らに聞こえない声量で、オブライトだった頃と同じようにジーンも気ままに話題を振ってきた。そのせいで、つい時代を錯覚してしまいそうにもなった。

それくらいに馴染みのある心地良い空気が流れていた。黒騎士部隊がなくなり、所属が変わった今でも、彼らは何一つ変わっていないのだなと思った。

元気そうで良かった。それから、本当にごめん――……。

マリアは楽しげな話し声を耳にしながら、彼らからそっと目をそらして青い空を見やった。

友との約束を守りたいと思って剣を振るいながら、部下を誰一人失いたくないと考えていた。あの頃と変わらないでいる明るい青空を、しばらく目に留める。

ああ、誰も死んでしまわないで良かった。

三人の元部下の楽しそうな声を聞きながら、マリアは心の底からそう思った。

誰も死ぬなと言い聞かせてきた。その教えを守るように、彼らは必死に互いをサポートしながら戦場を勝ち抜いてきてくれた。それをオブライトは隊長として、とても頼もしく、誇らしく、そして嬉しく感じていたのだ。


――隊長、帰ったら飲み比べですよ、約束っす。

――大丈夫ですよ、絶対に俺らは死なないっすから。

――最強の隊長がこうして生きているのに、部下である俺らが生きてやらないでどうするんですか。新規入隊者もほとんど来なくなっちまいましたし。

――ははは、皆【黒騎士】は悪魔だとか、うちの部隊は血も涙もない人殺し集団だとか、そういうホラ話に怯(おび)えてるんじゃないすかね。

――臨時の助っ人要員の傭兵も、結局はすぐに逃げ出して隊長の手助けにはならないっすもんねぇ。だから俺らは今日も明日も、生きて帰ってやりますよ！

――ニール坊とワンコ君には、先輩らしい姿を見せてやらねぇといけないですからね。

――だからどうか付いて行かせてください。皆で一緒に生きて帰りましょうよ、隊長。


遠い記憶の向こうから、『隊長』という明るい呼び掛けが聞こえてくるようだった。

懐かしく思い出してしまったマリアは、隣のジーンに悟られないように深呼吸した。そして、ゆっくり瞬(まばた)きをする間に、揺れそうになった心にもう一度重い蓋をした。

一

「予定より早く戻って来られたな」

王宮に辿り付いたところで、ジーンがそう言った。頭上にある太陽の位置から時刻を推測した彼は、メシを食う時間もたっぷりありそうだと満足げだった。

臨時班は、公式には今のところまだ動いていない事になっている。人目を考えて王宮の正面玄関は避け、ジーンは先程とは違う隠し通路に向かった。

そこへ足を進めながら、後ろに付いてくるマリア達に今回の順路について説明した。

「時間節約って事で、最短距離で行こうと思う。一旦中央訓練場に出て、そこから別ルートを通って抜けた方が早い」

「中央訓練場……ああ、『無法地帯』か」

マリアは、後ろに続くヴァンレットとニールに聞こえないように呟いた。人間一人がようやく通れる薄暗い隠し通路に入りながら、ジーンが肩越しにニヤリと笑った。

「その通り。ちなみに、俺がよく使っているルートでもある」

中央訓練場は、実績と実力を認められた軍人や一部の部隊班だけが、時間に関係なく使う事を許された訓練エリアとなっていた。規模はやや小さめで、王宮内の通常ルートからは辿り着けない、城の中に隠された秘密の訓練場となっている。

噂話だけを耳にした者たちからは、『選ばれた軍人だけの特別訓練場らしい』と羨望交じりに言われている。彼らは上等な訓練場を想像しているようだが、実はその造りは至ってシンプルだ。

城の中に唐突に『外』が現れたかのように屋根はなく、四方を王宮の建物の壁に囲まれた、見学席も休憩所もない場所だ。

壁だけが異常なほど頑丈に造られていて、そこでは普段は禁じられている、実力のある者同士の本気の手合わせも、高い戦闘力を持った部隊同士の喧嘩も許されている。

だからこそ、使用許可を与えられている軍人たちは『無法地帯』と呼んでいた。

これはエリート待遇ではなく、公共訓練場が彼らの戦闘能力に耐えられないためだ。被害・損害が大きいからと、軍部が彼らの本気での戦闘訓練を禁じているのだ。

おかげで中央訓練場では騒動も多かった。

そういえば、当時はあのロイド少年師団長の次に、騎馬隊将軍のグイードが要注意人物とされていたものである。自主訓練なんて真面目な事をしない彼が、珍しく中央訓練場に姿を現すと、その場にいた全員が警戒したなんて事もよくあった。

『レイモンド様と真逆の、おっかない騎馬将軍が来たぁッ』

『また何か厄介事を持って来たのか!?』

マリアは隠し通路を進みながら、当時の騒動の一つを思い返した。

あの時、自分（オブライト）は訓練場の片隅にのんびりと腰を下ろして、レイモンドが後輩に剣の指導を行う様子を眺めていた。そうしたら突然、イイ笑顔のグイードが颯爽（さっそう）と現れたのである。

『ははは！　会いたかったぜ、相棒と可愛い後輩たち！』

そう挨拶の言葉を放った彼の後ろには、魔王と化したロイド少年がいた。ロイドに追われた彼が逃げ込んで来たために、その場にいた将軍や師団長、隊長クラスの男たちは全員参戦する事になった。

タイミングが悪い事に、偶然居合わせた上官組の八割は好戦的な猛者（もさ）だった。彼らは、二次被害を受けかねない若手を守るために騒動を鎮静化させなければならない、という事を忘れて面白がり、その結果訓練場は、しばらく使い物にならないくらいに破壊されてしまったのだ。

まぁ、中央訓練場は頑丈に造られていたので、結構もった方だとは思う。

マリアは、公共訓練場の時と比較してそう思った。隊長になってまだ数ヵ月だった頃、部下たちと揃って登城した際に、公共訓練場を破壊し尽くしてしまった事があるのだ。その後、黒騎士部隊は『今後は中央訓練場を使用するように』との命令を受けた。

あれは黒騎士部隊が、そこにいた王宮の騎士全員と大喧嘩した一件だった。でも、騒動のきっかけがなんだったのか、マリアは思い出せないでいた。

『まとめて掛かってきやがれ。悪いが、俺も手加減せずぶちのめさせてもらう』

あの時、自分はそう言ってその喧嘩を買った。それは覚えてるんだけどなぁ、と、詳細を思い出せなくて首を捻ってしまう。

その時、最後尾を歩いていたニールが、ヴァンレットの脇から首を伸ばして「ジーンさん」と呼んだ。

「お嬢ちゃんを中央訓練場に連れて行っても大丈夫なんすか？　俺らは黒騎士部隊の頃の使用許可の特権が残ってますけど、バレたらまずくないっすか？」

「ははは、大丈夫だいじょーぶ。なんたって監視の目もないのが無法地帯だから」

「なるほど。じゃあ問題ないっすね！」

ジーンが棒読みで答える様子からは、まぁ知られなければセーフなんだろうな、と伝わってくる。だというのに、ニールが全く気付かないままノリだけで返事をするのを聞いたマリアは、本当に大丈夫なのだろうかと心配になる。

そもそも、中央訓練場の存在は公にされていないはずだった。メイドという立ち場でもある自分が、そこを『通過』していいものなのだろうか……？

「この向こうが『無法地帯』だ」

ジーンが、一つの行き止まりの前で足を止めると壁の仕掛けを探った。その様子を目にしながら、マリアは壁の向こうが静かである事に気付いて、そういえばと思い出す。

ここへの出入りは、使用許可が下りている者・班・部隊に限定されている。だから普段から、日中勤務時間帯は無人状態である事が多かった場所だった。

誰かと出くわす可能性はほぼ皆無だろう。そう思ったら、久々に見られる懐かしさもあって緊張も抜けるのを感じ、マリアは中央訓練場が見えるのを首を伸ばして待つ事にした。

「副隊長がデカいせいで、前が見えないな～」

「うむ。開いたら多分見えるぞ」

後ろで、ニールとヴァンレットがそう話す声が聞こえた。

「お嬢ちゃんはちっちゃいから、壁にもなんないのがウケる――いてっ」

「おっと。手が滑って石ころが飛んで行きましたわ」

石を指で弾いて飛ばしたマリアは、後ろも見ずに棒読みでそう言った。

その時、ガチリ、と壁の仕掛けが外れる音がした。

続いてジーンが、隠し通路の扉部分になっている壁を押した。半分ほど開けたところで彼は、目と鼻の先で仁王立ちしている第三者の顔を見て、笑顔のまま固まった。

そこには、正装用のマントまで付けた四十代の軍服姿の男がいた。至近距離にあるその仏頂面を正面から目に留めたまま、ジーンは思考が止まったようにしばし硬直する。

ひとまず、何もなかったかのように壁を元戻す事にした。

「よし」

そう呟いて、隠し通路の出入口を閉める。すぐ後ろで全てを見ていたマリアは、向こうの明るい風景が見えなくなったところで思わず目を擦った。

「…………ジーン、これ、隠し通路だよな？」

「…………うん、そう」

先程現れた顔は、とてもよく知っている人物だった。動揺して問い掛けてみたら、こちらに背中を向けている彼が考え込むようにしてそう答えてくる。

「…………それなのにバッチリ待ち伏せされていたような気がするんだが」

「…………おかしいな。うん、目の錯覚かな」

ジーンが、頭痛を覚えたような仕草をしながら言う。何かしら推測でも立ったのか、「マジかよ」「このタイミングで？」とぶつぶつ呟いているのが聞こえた。

どうして出入口を閉めたのだろう、とヴァンレットが首を捻っている。彼と同じく外の様子を見られなかったニールが、不思議そうに長身の上司の背中に問い掛けた。

「ジーンさん、どうしたんすか？」

「あ〜……なんつうか、これまた面倒なタイプの奴が、自分の優秀な部下たちを従えて待ち構えていたような幻覚が見えちまってな」

俺も歳かねぇ、とジーンがいまだに自分が見た事を認めたくないといった様子で、吐息交じりに言う。

それを聞いたニールが、「副隊長にとって面倒なタイプの人……」と口の中で反芻（はんすう）して記憶を辿り始める。ヴァンレットがそれを真似（まね）して、思案気に宙を見やった。

マリアとしても、黒騎士部隊がなくなっているというのに、『奴』が当時と変わらない不服そうな表情で待ち構えていたのが意外過ぎた。

何せ、奴が待ち伏せするその光景は、隊長時代に何度も見たものである。思わず目頭を揉み解しにかかり、他人の空似だったらいいのにと考えてしまった。

だが、悲しい事に、あんなに特徴的で印象的な奴を見間違える事はないだろう。

その時、向こう側から壁を叩く音がした。

「人の顔を見て引っ込むとは、どういう事だ馬鹿者め！　この私を無視するとは、貴様という奴は本当に失礼極まりない——おいコラッ、さっさと開けんかジーン！」

無視されたとようやく気付いたらしい。やけに煩い声量で、壁の向こうから男がガンガン文句を言ってくる。

するとその声を聞いたニールが、ピンときたように手を打ってこう呟いた。

「あ、『ヅラ』」

それは、黒騎士部隊内で浸透していたあだ名である。

それを耳にしたヴァンレットが、「うむ、『ヅラさん』か」と全く悪意のない目で相槌を打った。ちょっとやだなぁという様子のニールとは対照的に、彼の表情は親しげで明るい。

その直後、遮られた壁の向こうから一際大きな声が上がった。

「誰が『ヅラ』だッ、馬鹿者！」

肺活量を最大限に振り絞ったような大音声に、空気がビリビリと震える。壁から一番近い距離にいたジーンが、煩そうに耳を塞いで「この距離で叫ぶなよ。頼むから、マジで」と顔を顰める。

ニールが「お～」と感心したような声を上げて、思い付くままに言葉を投げ掛けた。

「壁越しの呟きも拾っちゃうとか、相変わらずヅラ師団長は凄いっすねぇ」

「馬鹿者！　貴様らが騒がし過ぎるのだ！　こっちまで会話が筒抜けだぞ！」

相手は目の前で扉を閉められた事で、かなり怒っているようだった。怒声の即答を聞いたジーンが、しかし緊張感なく「いやいやいや」と顔の前で手を振る。

「お前の声の方が無駄にデカいからな？　もうちょっと肩から力を抜いて生きようぜ」

こんなに早く接触してきたとなると、恐らくロイドが、今朝決まったばかりの自分たちの臨時任務参入の件を伝えたのだろう。そろそろ本格的に腹が減ってきそうなので、ここで足止めとか勘弁して欲しい……ジーンは、乾いた笑みを浮かべてそう呟く。

マリアは馴染みのある諦念を覚え、目頭を押さえながら項垂れた。朝に四人で動く事が決まってから、落ち着く暇もなく精神的な疲労感に襲われ続けている気がする。

出来ればこのまま回れ右をして、来た道を戻ってしまいたい気分だった。

でも、熱血漢で頭の固いこの大声男は、逃げると後が面倒なのだ。そう思って「ぐぅ」と少女らしからぬ呻きをこぼしたら、ジーンが「ははっ」と乾いた笑みで言ってきた。

「心の準備はいいか、親友よ」

「ちっとも良くはないが、――仕方ないだろう」

後ろのニール達には聞こえないように囁き返した。すると再び壁の向こうから「何をごちゃごちゃ言っておる！」と非難一色の大声が上がった。

「いいからさっさと開けんか！　貴様ら、私に失礼だとは思わんのか⁉」

そうガミガミと説教が続いた。声だけなのに、存在感がここまで煩い男というのもあまりいない。ジーンは観念したように溜息を吐くと、隠し通路の壁を押し開けた。

通路の先が開けると、ピタリと説教の声がやんだ。

そこには、師団長を示すマントとバッジを付けた立派な騎士がいた。その後ろには、部下であろう若い騎士たちが、軍人の見本のように背筋を伸ばした姿勢で横一列に並んでいる。

四十代には見えない若々しく凛々しい端整な顔立ち、太い黒縁眼鏡でも目を引く美しい黄金色の瞳。キリリとした眉は同じ色をしていて、その上には大量の整髪剤でキッチリと固めた、やけにテカテカと光を反射している地味な色の頭髪がある。

その男は、オブライトが黒騎士部隊隊長になったのと同じ日に、当時の最年少記録を更新して銀色騎士団の第六師団長に就任した事で、一躍有名になった同年齢のポルペオ・ポルーで――。

彼は知る人ぞ知る、『オブライトの自称ライバル』だった。

二

ポルペオ・ポルー。

オブライトとは同年齢で、当時最年少の若さで師団長に就任した実力派の天才だ。同日に隊長と師団長になった二人は、まだ二十歳にもなっておらず、異例のルーキーだと騒がれた。

一方は家名さえ持たなかった孤児で、教育も受けていない傭兵。

一方は名門ポルー伯爵家の嫡男にして、最高教育を受けたエリート中のエリート。

就任式で壇上に並んだ二人が同じ年齢で、毛色の違いが際立つ真逆な生い立ちだった事も余計に注目を集めたらしい。置かれている立場や性格の違いもあって、周りから『異例の新人隊長組み』という呼ばれ方もした。

ポルペオは生粋の貴族で、ポルー伯爵家は『建国を支えた白の騎士』だとされる名門一族だ。彼の実力は本物で、騎士学校時代や訓練生だった時から一目置かれて支持者も続出し、師団長に就任した際は、彼の師団への入隊希望者が殺到したというのも有名な話だった。

十六年前は二十七歳だったので、現在は四十三歳だろう。骨格がガッチリとした長身の色白男で、腕を組む指の先に覗く爪まで身綺麗に磨かれている。

太い伊達眼鏡を掛けたポルペオの愛想のない鋭い切れ長の瞳は、ポルー伯爵家の人間に特有の黄金色をしていた。規律に厳しい彼の軍服は、皺一つなくピシリとしていて、相変わらず髪型も、邪魔にならないように徹底的に固められてあって――。

新品みたいな軍服衣装よりも、やっぱり頭の方が気になって仕方がない。

マリアとしては、「十六年も経ったのに……」と残念過ぎて口が引き攣りそうだった。目立つ黄金色の瞳を、眼鏡で隠せると信じ切っているところからしてそもそもおかしいのだけれど、そんな彼の頭には、茶色い地味な特注のカツラが乗っているのである。

それは、大量の整髪剤を練り込んだようにカッチリとしていた。髪が目に掛からないように高い位置でまとめられているせいで、輝く黄金色の凛々しい眉がバッチリ見えてしまっている。

だから、その配色はおかしいと何度も言っただろうが。

そうやっちゃうと、もうヅラ感が半端ないんだよ。眉毛が隠れるような前髪の長さにしろとグイードも助言していたのに、今でも改善が見られないとか阿呆じゃないのか？

というより、あの頃よりヅラのヘルメット化が進行しているのに衝撃を覚えた。

固さもテカテカ具合も増して、更に髪の質感がなくなっている。普段から自分で「ヅラじゃない」と言い張っている癖に、本気で隠す気があるのか疑うレベルだった。

そもそも、あの波打つやや長めの黄金色の頭髪を、どうやって短髪風のヅラの下に全部収めているのだろうか……マリアの目は、思わずポルペオの頭に釘付けになっていた。

「…………まぁ十六年振りだと、久し振り過ぎて強烈かもなぁ」

気付いたジーンが、心情を察したかのように同情の目を向けてくる。

ポルペオ・ポルーは、揺るぎない正義感と忠誠心を持った騎士だった。顔だけでなく肉体まで男性らしい美しさに溢れた男で、若くして妻を娶ってからも女性に大変モテた。それでも今の妻以外の女に目を向けた事はなく、そういった事も含めて、若手の軍人たちが一心に尊敬するくらいに、硬派で真面目な男だった。

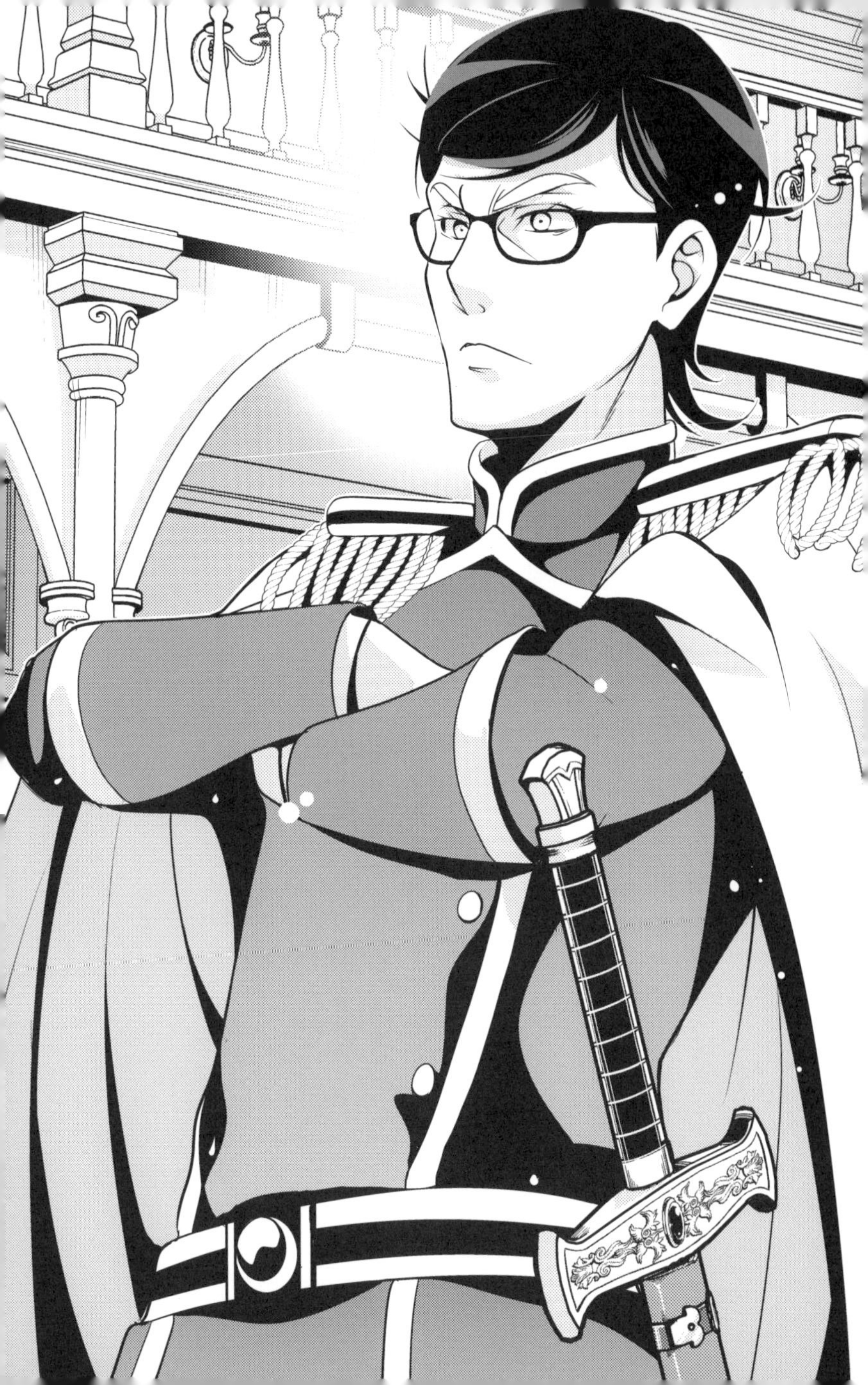

だが、その生真面目な熱血漢ぶりは、彼に妙な信念を貫かせる事もあった。

彼の髪の色は、ポルー家独特の淡く輝く黄金色である。しかし、王族の金髪よりも目立ってしまうという事で、わざわざ特注のヅラで隠していたのだ。


――君主より目立つなど言語道断。


騎士学校時代には、そう言って既にそのスタイルだったとか。

とはいえ、その言葉は、王宮で過ごす中で『主人より目立つなど～』に変わった。

しかも彼の言う『主人』とは国王陛下ではない。ポルペオは生まれたばかりの第二王子を初めて目にした直後、その赤子に騎士としての忠誠を誓って、周りにいた者たちの度肝を抜いた。

つまり、よく分からないところがある男なのだ。

思い返したら頭が痛くなってきて、マリアはひとまず四十三歳になったポルペオの頭から視線をそらした。何せ、最大の問題はヅラではないからだ。あまりにも似合わないので、そのヅラに関しては物理的に吹き飛ばしてやりたいという気持ちに駆られたりもするけれど。

問題なのは、こうして待ち伏せしていたように、ポルペオが常人には理解し難い信念のもと、黒騎士部隊を率いるオブライトに張り合ってくる事にあった。

『私がお前のライバルだからだ』

いつも何かしら絡んでくる理由について、ポルペオはそう言っていた。常にこちらをライバル視し、どちらの部隊が優秀であるか競いたがった。

でも、いつ、どのような理由でライバルになったのか、マリアは分からないでいる。

二回目に顔を合わせた時、王宮のド真ん中で唐突にライバル宣言をされて困惑した。いつも何かしら勝負事に持ち込まれ、戦闘以外の苦手な事で負けてやっても、ポルペオは高笑いも満足もする事なく、こう言って引き続き宣戦布告してきた。

『今回は私が勝ったか。だが次も、我が師団の方が優秀である事を証明してみせよう』

オブライトは穏やかな空気を好んでいたし、争いごとを好む性格ではなかった。もしかしたら、嫌いだからライバル宣言されたのだろうか、と考えて悩んだ。

だからある日、苦手な筆記勝負で負けてやった後で、気に入らないところがあるならば善処するので、部隊同士の喧嘩のように騒がしくするのはやめないかと提案した。

そうしたら、ポルペオが心底呆れたようにこう言ってきたのだ。

――人間は一人ひとり違うのだから、人間としての優劣をランク付けられるわけがなかろう。だからこそライバルとして、自分たちの部隊で勝負をしようというのだ馬鹿者め。

正直、そう言われてもわけが分からない。というか、「お前が私のライバルで、私はお前のライバルだ」と言うポルペオが何をしたいのか、ますます理解出来なくなった。

王宮内で、オブライトや黒騎士部隊の名にもっとも過剰に反応する面倒臭い男。

そう思い返していると、目の前にいるポルペオが顰め面を強くした。こちらのメンツを順に見やったかと思うと、やはり納得いかんと言わんばかりに腕を組んだ。

「相変わらず緊張感の欠片もない奴らめ」

そう感想を述べた彼が、突然くわっと目を見開いて敵意を露(あらわ)にした。

「話は聞いたぞッ、優秀な我が師団に雑魚(ざこ)だけを器用に回すとは、なんと下劣な！」

腹の底からの煩い大声を聞いて、マリア達は一瞬「……？」となった。

だが少し考えて、ろくな事をしないロイドの存在が脳裏をよぎり、「あ」と察した。朝に話されたばかりの案件については、総隊長の彼によって早々に各担当が決定されたらしい。

そして自分たちが臨時班として参入する件を、わざわざご丁寧に教えもしたのだろう。

どうやら闇オークションの残りの四ヶ所については、ポルペオの第六師団が押さえる事になったようだ。何故、よりによって奴の師団なのだろうかと、こうなる事を予期したうえでのドS野郎(ロイド)の指示には悪意を感じた。

おかげでポルペオに、全く見当違いの逆怨(さかうら)みをされているらしい。かなり睨まれている現状を前に、面倒な事になったなぁ……とマリア達は思った。

ひとまず面倒な誤解は早々に解消しておこう。

きょとんとするヴァンレットをそのままに、マリアとニールはジーンに目を向けた。その横目の視線を受け止めた彼が、任されたとぎこちなく頷いて切り出す。

「あのなポルペオ？　多分それ、あのクソガキ――あ、いや違くてロイド――じゃなくって『総隊長』の独断だと俺は思うんだ」

言いながらもずっと睨み付けられていて、話すジーンも半笑いだった。

「確かに本拠点の仕事を進んで受けたのは俺だけどさ、他を全部第六師団に回すとは思ってなかったし？　だからさ、こうやって今お前に俺らが絡まれてるのも、完全なとばっちりなわけで――」

「貴様の考えなど見抜いているぞ！」

するとジーンの説明を遮って、ポルペオが至近距離から指を突き付けてきた。無駄に力の入った動作だったが、その頭に乗ったヘルメットのような髪がズレる事はなかった。

「我がジークフリート様に良いところを見せて、一番のお気に入りの立場を私から奪取するつもりなのだろう⁉　そうはいかんぞッ、我が第六師団こそが殿下の直属である！」

確信があるとばかりに、ポルペオがそう言い切った。

ジークフリートとは、王位継承権第一位の二十歳の第二王子の名前だ。幼少期は『泣き虫王子』と呼ばれていたが、現在は銀色騎士団第二師団の師団長を務めている剣豪であるらしいと、マリアも話に聞いてはいた。

そんな彼の名前が唐突に出た途端、マリアはジーンやニールと共に、なんとも言えない表情を浮かべて沈黙してしまった。ヴァンレットだけがきょとんとしていて、緑の芝生頭をゆっくりと左へ傾ける。

ややあってから、ジーンがポリポリと頬をかいて言った。

「…………お前ってさ、たまに目が腐って前が見えなくなるタイプだよなぁ」

「失礼な！　我が眼に曇りはない！」

「頼むから至近距離で叫ぶのやめてくれない？　耳が逝っちゃいそうになるから」

信念と熱意の塊であるポルペオは、かなりの第二王子ファンである。生まれたばかりでまだ目も開いていない赤子のジークフリートを一目見た彼が、「我が主」と呼んだ根拠は、今も謎のままだ。

それについては、オブライトを一目見て「親友！」と言い切ったジーンの件を彷彿とさせるところがあった。この二人は、自分の勘をどこまでも信じるところが似ているような気もしたが、それについては深くは考えない方がいいとも思っている。

昔、ポルペオと数回話した時に、「あ、これ多分、説得とか理解とか無理なやつだわ」とマリアも感じていた。あのアヴェインも、自分の二番目の息子に彼が忠誠を誓った件については、突っ込んで訊くのをやめていたからなぁと思い返す。

その時、マリア達の注意が外れたタイミングで、ヴァンレットが口を開いた。

「ポルペオさん、また便秘ですか？」

「違うわ馬鹿者！　私が腹事情に悩まされていると誤解されるような事は言うなと、何度言ったら貴様は理解するのだ⁉」

ポルペオはそう言うと、我慢がならないといった様子で地団太を踏んだ。

「昔、上司であった奴らの教育の緩さが目に見えるようだわッ」

そう続けられた愚痴を聞いたマリアは、ひどい言われようだと思った。

ヴァンレットの指導に手を抜いたつもりなど全くない、努力した結果がコレなのだ。

上司としてはせいいっぱい責任をもって面倒を見たし、部下たちや友人らも頑張ってくれた。でも彼の思考回路については、あの面倒見のいい友人レイモンドですら「頭がおかしくなりそうだッ」と助けを求めてきたくらい、底なしの謎で満ちているのである。

おかげで頭の固いポルペオは、いつも青筋を浮かべていた。続けて遭遇した日など、ヴァンレットの思考構造について、本気で考え込んだりしていたものである。

『学がないお前に代わって、このポルペオ・ポルーが策を考えてやる』

いつだったか、唐突にそんな提案をされた事があった。やめた方がいいとオブライトや友人たちは忠告したのだが、奴はヴァンレットの教育方法について真剣に頭を悩ませた。

その結果、出口の見えない迷宮思考に陥って寝込んでしまった事がある。

黒騎士部隊の全員が同情した。オブライトとジーンは、部隊を代表して見舞いに行った――のだが、そのタイミングで何故かグイードもやって来たのだ。

『話は聞いたぜ、後輩よ。面白そうだから俺も『見舞いの品』を持って来た！』

ポルペオが目的ではなく、オブライトに会うついでに来たのだ、と隠しもせずに言い放ったのを覚えている。双子の少年司書員までやって来て「ヅラ爆発すればいいのに」「眼鏡叩き割っていいかな」とポルペオを狙うので、休ませるどころではなくなった。

その後、ニールとヴァンレットまで現れたので、ポルペオの寝込み日数はますます伸びる事となった。あの時初めてオブライト達は、説教の途中でポルペオが意識を失うのを見た。

マリアは、そんな事もあったなと思い返していた。教育うんぬんの下りに関して愚痴り続けているポルペオを眺めながら、ジーンが乾いた笑みを浮かべてこう言った。

「俺ら、やれる事はしっかりやったんだけどなぁ」

なのにめっちゃ色々言われてんな～、と彼は口の中に呟きを落とす。

首を傾げたヴァンレットの隣から、先輩として後始末を付けてやると言わんばかりにニールが一歩前に出た。同情するようにポルペオを見やると、「元気出してください」と声を掛ける。

「なんかすみません、ウチのヴァンレットも悪気はないんすよ。代わりに俺が謝りますから、どうか許してやってください――ね、ヅラ師団長？」

後輩を擁護するその発言内容は、珍しく場の空気を読んだものだった。しかし、思ったままを全部口にしてしまうニールの、最後の呼び名は完全にアウトだった。

「馬鹿者！　誰がヅラだ！」

すかさずポルペオは怒鳴り付けると、ぐぅと呻いて頭を抱える。

「なんで貴様らの部隊には、我が名をきちんと口に出来るものがごく僅かなのだッ」

ぐぬぬぬぬと歯軋りをして、怨念のこもった独り言を言った。


第六師団の若い部下たちは、そんな上司を前に青い顔をしていた。師団長の中でも高い実力を持ち、貴族としての位も高いポルペオを、まるで友人のように平気な顔で煽る男たちの事が信じられないでいる。

というか、よくあのポルペオ師団長に軽口を叩けるな……。

師団長就任最年少記録更新者であるポルペオは、【瞬斬の殺戮(さつりく)騎士】と呼ばれる総隊長ロイド・ファウストには及ばないにしても、【突きの獅子(しし)】と呼ばれるほどの剣豪である。

爆風といわれるグイード師団長や、守備戦力部隊から抜擢(ばってき)されて十四年、たったの一度も任務を失敗した事がない強靭(きょうじん)な精神力と怪力の持ち主として知られるバルツファー師団長。そんな彼らと比較しても負けず劣らずの大活躍をこれまでにしてきて、記念碑の像まで建っているのがポルペオ師団長だ。

色々と逸話を残し、四十三歳になった今もその腕は衰えていない。ポルー伯爵家の名前も広く知れ渡っており、軍人たちの間だけでなく貴族界でも一目置かれている有名なお方だ。

そもそも、彼らとポルペオ師団長の関係がよく分からない。どう見てもあれは『大臣』で、頬に傷痕がある大男は、第一宮廷近衛騎士隊の【猛進の最強近衛騎士隊長】だ。

それから、貴族でも軍人でもなさそうな謎の男もいた。煌々と輝くルビーのような見事な赤髪をしている。王宮内では見掛けた事もない顔だが、ポルペオ師団長の反応を見る限り、その赤髪男ともよく見知った仲という感じではあった。

でも、そもそも大臣や近衛騎士隊長とだって、普段から話しているところなど見た事がない。そしてもう一人、十四歳くらいの少女の姿もあった。

旅用のローブから覗くのは、ここでは見掛けないデザインの可愛らしいメイド服だ。恐らくは師団長が口にしていた、総隊長が直々にメンバーに加えたという『護身術に長(た)けた侯爵家のメイド』とやらだと思われるが……実に妙な組み合わせだと思う。

ポルペオ師団長の交友関係は、部下たちが知る限りそう広くはない。

でも、男の中の男であるポルペオ・ポルーは、過去を語る事が滅多になかったから、一体どこで誰と知り合っているかなど部下たちが知る由もなかった。

（というかこの大臣、相変わらず大臣っぽくない適当な加減っぷりだな……）

（普段の恰好を崩すと、ただの軍人にしか見えないのが不思議だ）

（つか、男三人にちっちゃいメイド一人なのに、不思議と違和感がないような気が）

部下たちは、困惑と動揺の中、色々と思っていた。だが、しっかり口を閉ざして何も言わず、ただただポルペオ師団長の指示を待つのみだった。


ヅラ師団長とは、ポルペオ・ポルーを指す代名詞である。

黒騎士部隊の全員がそう呼んでいて、いつの間にか他の友人たちにも浸透して行った。見た目にぴったりのあだ名だから、『ヅラ』と言っただけで誰の事かすぐに分かる。

とはいえ、本人を前にしては言わないよう、オブライトもジーンも配慮していた。

何せポルペオは、ヅラの癖にヅラだと絶対に認めたがらないのである。度も入っていない眼鏡なのに、ないと困る必需品なのだと言い張るような、よく分からない男なのだ。

そういえば眼鏡に関しては、ジーンとグイードが昔、新人だった頃のモルツに「キャラが被るな」と言った事があった。すると彼は、不快感も露に秀麗な眉をそっと寄せて、

『遺憾です』

と、たった一言で答えていた。ポルペオも、「眼鏡の形は同じではない！」「問題児の変質者と同一視するでない！」と憤慨していたものである。

そう思い出していたら、案の定ヅラ発言で怒ったポルペオが怒鳴ってきた。

「よいかニール！　私は『ヅラ師団長』ではなく、ポルペオ・ポルー師団長である！」

近い距離から、腹の底から力を込めたような大声が発せられた。

マリア達はすっかり身に染み付いた行動で、パッと両手を動かして耳を塞いでいた。

「コラ貴様らッ、相変わらず失礼だな！」

それを見たポルペオが、ビキリと青筋を立てて怒鳴った。

「毎度私が説くたびに耳を塞ぐとはどういう事だ⁉　人の話を聞く時は、しっかり目を見て耳を塞がずにだな――」

「あ～、悪いんだけどなポルペオ？」

両耳を手で塞いだまま、ジーンが気だるげに口を挟んだ。

律儀にもポルペオが、怒気を抑えて「なんだ」と顰め面で尋ね返した。すると彼は、手を下ろしながら「うん」と言い、言葉を続けた。

「俺らそれぞれ予定が押していて、あまり暇がないんだわ。ほら、俺は大臣の仕事もあるし、反省会をしつつ打ち上げの食事をするとしたら、結構時間がギリギリっつうか」

「えぇいまどろっこしいッ、ハッキリ言わんか！　つまりなんだ、貴様は時間がないとでも言いたいのか？」

「つまり小腹が空き始めている。そろそろメシにしたい」

回答をせっつかれたジーンは、その他諸々の言葉をすっ飛ばしてそう言った。最優先事項だけを口にした彼の表情は至極真剣で、だから説教に付き合っている暇はないのだと、ハッキリと告げている。

それを耳にしたマリアは、自分も空腹を覚え始めている事に気付いた。

少女の身となった今も、ジーンと同じくエネルギー消費効率の悪い身体をしている。彼女は腹の虫が鳴りそうな気配を察して、自身の腹を見てそっと手を当てた。

ローブの上から腹を触るマリアを、ニールとヴァンレットが見下ろした。真面目にポルペオを見つめ返しているジーンと彼女の様子を、若い部下たちが顔を引き攣らせながら見守っている。

ポルペオの黄金色の眉が強く寄せられて、形のいい額に見事な青筋が複数立った。

「腹が減っただと⁉　というより反省会とはなんだッ、また貴様らは性懲りもなく騒ぎを起こしたのか⁉」

「おいおい、いつも起こしてる感じで言うなよ～。誤解されるだろ？」

「いつも起こしているだろうが馬鹿者め！」

一呼吸で言い切ったポルペオが、「だいたいお前らときたら毎度――」と怒濤の説教を始めた。マリア達がまた揃って耳を塞ぐ中、上司と先輩が遊んでいると思って真似をしているヴァンレットだけが、なんだか楽しそうな顔をしていた。

マリアは耳に手を当てた姿勢のまま、若い騎士たちの方をチラリと見やった。

彼があの頃と同じままだとすると、『どちらの部隊が優秀であるか』、またしても力比べをしようとしているのだろう。でも現在の状況を考えると、頭痛しか覚えない。

あれから十六年経ち、もう黒騎士部隊は存在しないのだ。

今のジーンは大臣であり、ニールは大臣の手伝いをしている非公式の部下で、自分は一介のメイドというポジションだ。そんな自分たちに、当時と同じような喧嘩を吹っ掛けてくるなと言いたい。

こちらから見る限り、彼の部下はかなり戸惑っているようだった。恐らくは、元部隊の事だとか、どういった関係性だとかは説明していないのだろう。

ポルペオも相変わらずだよなぁ……と、マリアは耳を塞ぐのもやめて目頭を揉み解す。だが、ポルペオの部下たちの顔色が青いのは、マリア達が初っ端から説教を聞き流しているせいだった。耳を塞いだままのジーンは「勘弁してくれ」と空を仰いでおり、ニールはよそを見ていて、ヴァンレットは上空の鳥の動きにつられて目をやっている。

しばらくもしないうちに、集中力を切らしてニールが大きなくしゃみをした。飛翔する鳥の群れを見送ったヴァンレットが、華奢な先輩を見下ろす。

「大丈夫か？」

「うん、平気。俺、風邪引いた事ねぇから」

ニールは鼻を擦りながら、後輩を見上げて心配させないようにそう言う。

そんな部下たちのそばで、目を戻したジーンが欠伸(あくび)をこぼした。ふと思い出したような表情を浮かべると、「そういや昨日は、帰宅したのも深夜遅くだったなぁ」と呟く。

「テンションが上がり過ぎて、休まず走り回っていたんだっけ……。そのうえ、夜明け前に起床して勢いのまま飛び出して来たんだよなぁ」

つまり完全な睡眠不足である。今更のように自覚して「なるほど」と理解を深めたところで、もう一度欠伸をもらしてしまう。

「あ～……大音量の説教を前にしても、眠くなるわけだ」

思い返せば、親友との臨時任務の時にもそういう事があった。敵を待ち伏せしていたのだが、直前の高いテンションからの反動で少し目を閉じたら、そのまま眠ってしまったのだ。

懐かしいなとそう独り言を口にしたジーンの横で、マリアは目頭から手を離した。何やらぶつぶつ聞こえてきて、こっちもすっかり集中力が切れてんなぁと元相棒を見上げる。

「なぁジーン、これ、いつまで続くと思う？」

こっそり尋ねてみた。というか、ポルペオは自分の説教に飽きないのだろうか？

すると、長い付き合いからその疑問まで察したらしいジーンが、「飽きないんだろうなぁ」と囁き返してきた。迷惑な同僚へと目を向けて、すっかり熱が入っているその様子を見やる。

「あいつ、ロイドが相手でも容赦なく説教するからなぁ」

「ああ。そういえば意見を曲げない点では、最悪な相性の二人だったたな」

マリアは当時を思い返した。ポルペオは先輩師団長としての立場からか、十六歳の子供だったロイド少年には、とくに小煩く言っていた覚えがある。よく意見を真っ向からぶつけ合っていて、そのおかげで日々の破壊被害も二割増しだった気がする。

するとジーンがちょっと苦笑して「必ずしも相性が最悪ってわけじゃねぇのよ」と言った。

「ロイドの方が無意識に、あいつの肩書を気に入ってない感じだったというか」

「ふうん？　最強に固執していたし、【突きの獅子】という呼び方が気に食わなかったのか？」

見下ろされたマリアは、きょとんとして尋ね返す。

「先輩師団長という言い方を気に入っていないようではあったが、まさか原因が二つ名の方にあったとは意外だな。そういえば、確かに奴が口にするのは聞いた事がないし」

「はははは、そっちじゃなくて『唯一のライバル』って言われていたのが――」

ジーンが種明かしするように笑って、ニールがもう一度くしゃみをした。

その時、ポルペオが鋭い目をカッと見開いて、人差し指を突き付けてきた。

「つまりッ、我がジークフリート様こそが天使であるのだ！」

すっかり説教声に飽きていたマリア達は、思いもしない台詞を聞いて「は……？」と目を向けた。どこでそんな話に飛んだのか分からないが、ただただ呆気に取られた。

というか、今、天使って言ったか？

幼子の第二王子の事を、ポルペオがそう呼んでいたのは覚えている。オブライトにとって小さくて可愛い子供は誰でも天使だったから、あの当時、唯一その表現だけは合致した。

――なんって可愛いんだ、天使が二人……！

――貴様はいちいち煩いな、兄弟殿下を見る時のテンションが一番煩いぞ馬鹿者。おい、私の天使ジークフリート様を寄越せ。

――はぁ～温かいし柔らかいしイイ匂いがするなぁ。あ、少し鼻が出てるから綺麗にしようか、ポルペオそこにあるタオルをくれ。

――……前々から思っていたのだが、何故貴様は赤子から幼子の世話まで手慣れているのだ？

マリアは、ポルペオにとっては第二王子だけが『天使』だったのを思い出した。とはいえ、あれから十六年も経っている今、ジーンやニール同様首を捻る部分もあった。

現在、二十歳の第二王子を天使というのは、無理があるのでは……？

そういえば、奴とは『天使』の定義について意見が合わないところもあった。オブライトにとってそれは可愛い子供の事で、ポルペオは既に一児の父となっていたのにその事を分かってくれなくて、それで自分はプツリと切れてしまった、ような………。

あれ？　もしや、それが原因で敵対視されたとかじゃないよな？

気になって記憶を辿った。やっぱり貴様はおかしい、と言われたうえ、それが誰にも気付かれていないのが信じられん、と頭を抱えられてしまったのは覚えている。

思い返してみると、彼はあの時怒ってはいなかったように思う。そうであれば、あの言い合った一件が原因というわけではなさそうだ。

そうマリアが考えていると、ニールがポルペオに「なるほど」と相槌を打った。

「相変わらず痛々しい表現をするくらい『第二王子のファン』なんすねぇ」

「ぴったりの表現であろうが！」

ようやく肯定的な反応をもらえたポルペオだったが、痛々しい表現とはなんだと怒った。するとニールが「えぇ～」と不服そうな声を上げる。

「いつもムスッとしてる美青年を天使と言われても、ピンとこないというか。だってもう立派な大人だし、今や王族一の不機嫌面な騎士王子じゃないっすか」

「おい薄っすら笑うな、不敬であるぞ。貴様、ご本人の前でもそうやって堂々と笑いおってからに――」

「はいはいすみません、なぁんか昔とギャップがあり過ぎて面白くなっちゃうんっスよ」

お喋りなニールは、ベラベラと続けながら「そもそも」と言って指をピンと立てる。

「『天使』なんて言い方が似合うのは、女の子くらいなものでしょ。それをどこでも堂々と平気で使う人なんて、ヅラ師団長だけっすよ？」

「コラ、聞き捨てならんぞッ、貴様の目は節穴か⁉」

馬鹿者め、それをまさに『阿呆』というのだ、とポルペオが顔を真っ赤にして怒鳴った。

その剣幕に圧されたニールが、身に染み付いた癖で咄嗟にジーンの後ろに隠れる。

ジーンが自分の背後に隠れた部下を見やり、ヴァンレットも小さい先輩の動きをきょとんと目で追った。二人の視線を受けながら、ニールはチラリと顔を覗かせてポルペオを見た。

「…………というか俺、なんでめっちゃ怒られてんの？」

ニールはそう言うと、不思議でならないとばかりに顔を顰めた。

他に『天使』なんて口にしていた奴はいただろうか、とジーン達は記憶を辿った。覚えがないというように三人が首を捻るそばで、マリアは引き続き考え事をしていて、彼らのやりとりを全く聞いていなかった。

その時、言いたい事が全く伝わっていないと気付いたポルペオが、悔しそうに地面を踏み付けた。

「貴様ら相手だと、毎度話がスムーズに進まず苛々するわ！　私とて暇な身ではないッ」

そう言うと、無理やり本題に戻すようにビシリと指を突き付ける。

「今回の任務を賭けて、貴様らに木刀戦を申し込む！」

一際煩い声が響き渡り、マリアもようやく言葉が耳に入ってきて目を戻した。やっぱりそうきたか……と、十六年前と変わらぬ様子のポルペオを見つめる。

迷惑そうに首の後ろを撫でていたジーンが、四人の代表として質問を投げた。

「今まで俺が『陛下のおつかい』やっても何も言わなかっただろ。なんでまた今回に限って勝負を挑んでくるんだ？」

「ふん、あれらは頭脳戦をメインとした、お前向けのおつかいだろう。だが、今回の任務は強い戦力が求められるものだ。…………それに貴様らの部隊に仕事を取られるのも癪(しゃく)だ」

部隊として活動はしていないんだけどなぁ。

マリアは話を聞きながら、困ったように小さく息を吐いた。ポルペオにとっては『元黒騎士部隊』というだけで、目の上の瘤(こぶ)だと感じるのかもしれない。

すると場を仕切り直すように、ポルペオがマントを手で払って仁王立ちした。

「我が第六師団は、ジークフリート様の直属。その中でも選りすぐりの精鋭部隊班を作り、陛下と殿下のため『極秘任務』もこなす優秀な師団である」

今、後ろで控えているメンバーがその若手部隊班という事だろう。

そう思ってマリア達が見つめていると、彼が重々しい声でこう続けた。

「――我ら第六師団、今回の任務場所を賭けて、正々堂々と勝負を申し込む」

こちらを見据える黄金色の瞳に迷いはなかった。ピリピリとした緊張感を放つポルペオに、彼の部下たちが尊敬の眼差しを向けて「師団長、恰好いい」と呟いている。

それに対してマリアとジーンは、「迷惑」「面倒臭い」という思いを露骨に顔に浮かべていた。ニールも「この流れで勝負を申し込むの？　目、おかしくない？」と戸惑ったように言いながら、ポルペオとその部下たちを忙しなく見比べている。

「俺ら、部隊としては動いてないよ？　それなのにヅラ師団長つっかかんの？」

ニールは、思わずといった様子で間の抜けた呟きをこぼした。双方のグループを交互に見たヴァンレットが、「どうして勝負するんだろうか」と首をゆっくり右へ傾ける。

正々堂々とは言ったものの、ポルペオは十二人の部下を連れている。

礼儀を重んじる男なので、恐らくは人数差を考えてルールも用意している事だろう。元々黒騎士部隊は下町での喧嘩に慣れているので、十三人対四人であっても気にはならないのだが、マリア達はこの喧嘩を買う気にはなれないでいた。

ザベラの町まで下見に行った帰りでもあるし、このタイミングでポルペオの相手をするというのも面倒臭い。

彼は、自由気ままな黒騎士部隊とは違い、熱意をもって真面目に師団をまとめ上げていた男だ。自身が正義とする騎士道を迷いなく貫き、そんな彼に憧れる騎士も多かった。

そう思い返したところで、マリアはハタと気付いた。

そういえば彼は、自分が戦闘メイドだという事を知っているのだろうか？

騎士の鑑のようなあのポルペオが、メイドがいるのに勝負を申し込んだという事は、ジーンのようにアーバンド侯爵家や『裏』の事まで把握していると考えるべきか。

何せポルペオは、軍人以外のメンバーがその場にいた場合、速やかに退場を促すような男だ。そういった配慮や常識的な行動が取れるところは、オブライトも評価していた。

先程「極秘任務もこなす」と言っていたし、その可能性が高いだろう。

「…………とはいえ、こいつが唯一の常識人という位置付けなのも、なんだかなぁ……」

ロイド少年が暴走した時も、先輩師団長としてその剣を真っ向から受け止めて説教していた。いつだったか、ジーンが「牛乳論とか超ウケる！」と笑い転げて余計に奴を激怒させた事もあったけれど、どんな説教だったのかは分からないままである。

マリアは、ポルペオは事情を知っていると踏んで、続いてその部下たちへと目を移した。

こちらをチラチラと見る際の彼らの表情には、躊躇いが浮かんでいるような気もする。

とすると、彼の部下たちはアーバンド侯爵家の事情を知らないのか。

今後の対応にかかわってくるので、どちらであるか確認したい。そう考えて目配せしてみると、ジーンが「ああ、確かにそうだな」と顎の無精鬚をさすりつつ思案顔になる。

「なぁポルペオ。その勝負ってのには、女の子も含まれてんのか？」

言葉を選んで質問を投げた彼が、今更のように思い出した様子で「あ、この子はマリアってんだ」と簡単に紹介した。すると、ポルペオが気難し気な顔をした。

「……話は聞いている。『侯爵家令嬢の護衛も兼ねている、護身術に長けたメイド』だろう？」

珍しく少し考えるように間を置いてから、ポルペオは答えた。

「ルクシア様の一件でも信頼があり、実力も問題ないと総隊長も認めている――……つまり、剣の腕が素人でない事は、部下たちにも伝えてある」

自分は正体を知っているが、部下たちは戦闘メイドの存在を知らないでいる。

騎士道真っすぐなポルペオが、嘘や隠し事は苦手であるという表情で遠回しにその事を告げてきた。マリアは、ジーンと一緒に「なるほどなぁ」と呟く。

「ふうん、それでお嬢ちゃんは凶暴なのか。最近の護身術は本格仕様なんだなぁ」

同じくそちらの事情を知らないでいるニールが、納得するように言って頷いた。それを聞いたポルペオも、臨時班内の事情を察した様子で「なるほど」と口の中に落とした。

そのままチラリと確認の目を寄越されたジーンが、小さく肩をすくめて見せる。

「お察しの通りだよポルペオ、だからウチの二人にもへたな事は言わないでくれ」

「――そうか。お前の部下であってさえも、か」

「決めるのは向こうだ、モルツだっていまだにそうだろ」

ジーンがそれとなく言うと、ポルペオも「そうだったな」と物思いに耽るように答えた。

そして、その話はもう終わりだとばかりに、口調を元の強さに戻して話を続ける。

「今回の件、私は納得がいかん。わざわざ総隊長が許可して、助っ人のメイドを加えた件はよしとしても、一番下が三十六歳で、貴様など私より年上だ」

そう言って腕を組む。

そんなポルペオを見て、ジーンが察したように「ははぁん、なるほど?」と意地悪くニヤリとした。

「コレは若手向きの仕事である、とお前は考えているわけだ？」

「その通りだ。貴様は今や『大臣』で、ニールも現場からは離れている身だろう。若い兵士を連れているならまだしも、三十代が二人に四十代後半が一人、それに幼少のメイドのたった四人でやるだと？　その考えが浅はかで軽率なのだ、無謀過ぎる」

「昔も四人とかで結構やってたぞ？　それにほら、俺とお前と親友の三人でやった事もあったじゃん？」

「時代と年齢を考えろ馬鹿者め！」

そう怒鳴られたジーンは耳を塞いで、「え〜」と納得いかない様子だった。けれどポルペオの部下たちは、上司と同じ考えと言わんばかりに小さく頷いている。

幼少じゃねぇよ。十六歳だ、阿呆。

その様子を見ていたマリアは、ザベラの町で若いチンピラグループに子供扱いされた一件を思い出した。うっかり文句を言いそうになって、愛想笑いを貼り付かせて拳を握り締める。

「なぁポルペオよ」

ジーンが、ふぅっと息を吐いて面倒そうに頭をかいた。ゆっくりと首を右に倒したヴァンレットが口を開き掛けたのを見て、ニールが素早くその口を押さえるそばで言葉を続ける。

「お前が提案する木刀戦ってのは、つまり『優秀な若い奴ら』と一戦交えろって事だろ？」

「その通りだ。どちらが本拠点を攻撃するのに相応しいか、ここで決着を付けようではないか」

その返答を聞いたジーンが、気乗りしない様子で「うーん」と腕を組んだ。下見した時の疲労を思い返したマリアも、もう騒動は勘弁して欲しいなぁと思う。

そんな反応には構わず、ポルペオが太い黒縁眼鏡を指で挟んで持ち上げ、説明を続けた。

「私が揃えた部下たちは、『極秘任務』もこなす二十代の優秀な者ばかりだ。幼少の子供と、現役ではない中年を含む貴様らの体力が続くかは分からんが、試合形式は一対一で――」

不意に、ブチリ、と何かが切れる音がした。

異変に気付いて言葉を切ったポルペオが、訝しげに目を細める。後ろに控えていた若い騎士たちも、場の空気が変わったのを察して緊張に身を強張(こわば)らせた。

「……幼少の子供…………」

マリアは、本日数回目となる幼少発言に我慢ならず、低く呟いた。ジーンとニールが「中年……」と地を這う声をもらし、ヴァンレットが珍しく冷たい目でにっこりとする。

他人の口から根拠もなく、見てくれや年齢でレッテル貼りされる事ほど癪なものはない。黒騎士部隊は完全実力主義であり、自分がまだやれると思うなら現役だ、という考えが『部隊内の当たり前の常識』としてあった。

王宮の騎士たちとは、考え方が根本から違っている。何より負けず嫌いの人間がほぼ全体を占める黒騎士部隊にとって、体力問題を年齢で決め付けるのはアウトだった。

前世でその元隊長だったマリアは、ポルペオにお得意の少女らしい笑みを返した。

「見掛けで判断されては困りますわ。――ちなみに私は十六歳ですので、お間違えなく」

おほほほほ、と口許に手を当てて笑って見せる。それを見据えるポルペオの後ろで、若い騎士たちが「……あの子、目が全然笑っていない気がする」と囁き合っていた。

ジーンが腰を屈め、マリアの肩をポンと叩いて「その通り」と言った。

「こう見えても、おじさん達は現役だぜ？　あんまりナメないで欲しいねぇ」

「実力だってんなら、俺はヅラ師団長のとこのガキになんて負ける気がしねぇっす。俺は隊長の指導受けて鍛えられてるし、生涯現役の『隊長』と『副隊長』の部下ですから」

普段の茶化しもなくニールが言い返すと、ヴァンレットも「うむ」と頷いてこう言った。

「ポルペオさんがそこまで優秀だと言ってのけるのであれば、教育がてら彼らの訓練に付き合って――二度とナメさせないよう完全に負かします」

叩きのめしてやれば納得もするだろう。

ならば、今すぐにでも奴らを潰す必要がある、とマリア達は殺気立った。ポルペオが片方の眉を上げて、「見覚えがあるシーンのように感じるのは気のせいか？」と首を捻った。

「相変わらず急にやる気を出すところも、よく分からん連中だな」

そう口にするポルペオに目を留めたまま、マリアはジーンの背中を軽く叩いた。絶対零度の表情の親友を横目に見下ろしたジーンは、「分かってるって」とニヤリとする。

ジーンは続いて、視線を他の二人へと向けた。ニールが怒ったように拳を掌に打ち付け、ヴァンレットが爽やかな笑顔で指を鳴らすさまを確認し、上々、と満足気に呟く。

その時、ポルペオが「まぁいい」と言った。

「木刀は用意してある。試合は一対一、先に三勝した方の勝ちだ。まずは誰から——」

「ポルペオ」

ジーンが説明を遮り、ニィっと悪戯(いたずら)っぽく目を細めた。

「一対一なんて面倒臭ぇのはなしでいこうや。うちの大将の許可も出たしな」

「なんだと？　それに、お前が大将ではないのか……？」

訝ったポルペオが、疑問を宿した目をニールとヴァンレットへ向ける。

それを見て、ジーンは「はははは」と笑った。しかし、すぐ好戦的な目に戻ると、にこりともしなくなったマリアの頭に手を置いた。

「この木刀戦、うちの大将はマリアだ。んで、そっちの大将はポルペオって事でよろしく。それにさ、正直言っちまうと今回の勝負試合——」

そう言うと、胡散臭(うさんくさ)いほど爽やかに微笑んだ。

「全員で掛かって来たとしても、お前らなんて俺ら四人で十分だって話」

ジーンは『親友』と『部下たち』の意思を口にした。邪気を全く感じさせない表情でにっこりと笑って挑発する。

ポルペオが目尻をピクリとさせ、黄金色の瞳を殺気立たせて細めた。

「——よかろう。ならば互いに一挙にぶつかり合おうではないか」

低い声で言って、人数差を考慮しない試合提案を受け入れた。優秀であると自覚している彼の部下たちの目にも、「メイドだろうと手を抜かずに叩きのめす」という闘志が灯った。

三

今回はチーム戦だ。個人戦でないのであれば作戦が必要だという事で、ポルペオは部下たちを自分のもとへと集め、木刀をもらったマリア達も一旦一ヶ所に集まった。

勝負用の木刀は、堅苦しく真面目な彼らしくきっちり人数分用意されていた。頑丈さが強化されてある打ち合い用の上等物で、任務で使われる事もあるものだった。

「さっすがポルペオ、金掛かってんな〜」

第六師団のマークが入った木刀に、ジーンがそう感想を述べた。

「あいつ、師団のものだってのに、わざわざ私財を投じて作らせたりしてるからなぁ」

「それくらい部下想いなんでしょう。鍛練用にと、専用の道具も購入しているし」

今でもそうなのかと思いながら、マリアは相槌を打った。一旦木刀をそばに置いてから、邪魔になるローブを脱ぎ、腰の剣を降ろす。

すると、こちらを見ていたポルペオが「はあああああ!?」と大声を上げた。

「なんだその格好はッ、貴様らに誇りはないのか⁉」

信じられん、私なら絶対によその軍服など着ないぞと煩く言ってくる。

メイド服の上からこのジャケットは、確かに悪目立ちするだろう。今更のように気付いたマリアは、自分の恰好を見下ろした。ジーンとニール、それからヴァンレットが、着間違えがない事を互いに確認し合ってから、不思議そうにポルペオへ目を向けた。

「ボタンの掛け間違えとかねぇけど？」

「ヅラ師団長、安心してください。サイズもぴったりだし着崩してもいないっす！」

「うむ」

最後に、ヴァンレットが誇らしげに頷いて見せる。

するとポルペオが、何本もの青筋を立てて「貴様らはいちいち人を苛々させおって」と堪忍袋の緒が切れたという声を出した。

「ボタンではないしサイズの問題でも『うむ』でもないわ！　軍服だ馬鹿者！　それからニールっ、何度も言っているが『ヅラ』ではなく、ポルペオ・ポルー師団長である！」

きっちりそちらについても注意すると、「貴様らへの教育の緩さには、本っっっ当に呆れさせられるわッ」と叫んで、またしても地面を数回踏み付けた。

そういえば、彼は昔から軍服にもこだわっていた。友人たちと臨時部隊班を組まされた時、グイードが軍服を揃えたら楽しそうじゃないかと提案したら、ポルペオが本気で怒って一人で騒ぎ出したなんて事もあった。

よく分からない怒りポイントである。マリアがそう当時を思い出していると、ジーンもガリガリと頭をかきながら「よく分からん奴だなぁ」と言った。

「正規の所属先の大臣衣装でやれって事か？　そりゃあかなり酷な話だぜ。あの衣装、無駄にかしこまってて動きにくいんだもんよ。改善の必要があるよ」

「馬鹿か貴様はッ、相変わらずの馬鹿者め！　あれは動くための衣装ですらないわ！」

口癖の『馬鹿』を二回も言ったポルペオが、渾身の一喝をした。

「そもそもあの格好で王宮内を駆け回る大臣など貴様くらいなもので、よくもまぁ飛び降りたり木に登ったりと毎日好き勝手やってくれおって！　だいたい貴様、『逃亡癖の大臣』なぞと言われて恥ずかしくないのか？　この前も、ふらりと逃亡して他国の護衛兵とやり合っていただろう。そのせいで、私のジークフリート様にどれだけ迷惑が掛かったと思って――」

そのまま怒濤の説教が始まり、マリア達はたまらずに耳を塞いだ。木刀戦に意識を集中しようとしていた若い騎士たちも、滅多にない上司の剣幕に驚いた様子で耳を押さえている。

ポルペオの話を聞いていると、確かにジーンは大臣らしくない。

そもそも護衛兵とやり合うだとか、大臣になっても相変わらず自由人な奴だ。

そう共感してしまったマリアは、思わずチラリとジーンの横顔を盗み見た。そうしたらニールが、珍しく察した様子で、片手を耳に残したまま肩を指先でつついてきた。

「多分最近のやつだと、チビ女王様と護衛一行の件だと思うぜ」

「『チビ女王』様？」

つか、最近って言い方からすると、他にも色々やっているって認識でいいのか？

マリアは、元相棒の現在がいよいよ心配になってきた。ニールは、ジーンへの説教に夢中になっているポルペオを無視して話を続けた。

「チビ女王様は、陛下をアイドルみたいに崇拝しててさ。これまでにない特別な贈り物を計画しているとかで、この前その予告だけをしにわざわざ来てたんだよねぇ」

「ふうん。その護衛兵と騒ぎを起こした、という事ですの？」

「うん、そう。一緒に来てた一部の『お偉いさん方』が頭を抱えていたから、とんでもない国宝級の贈り物なんじゃないかって噂もあったんだけど、結局どうなったんだろ」

ピタリと聞かなくなった話題なんだよねぇ、とニールは首を捻った。

「ま、いいや。とりあえずそのチビ女王様の護衛だけど、すげぇ若くて、俺が戻って来た時にジーンさんが訓練場で暴れてたんだ。あっ、大丈夫だよ。俺もちゃんと加勢に入ったし、最後は全員ボコボコにして、平和的な交渉でもってジーンさんが護衛君たちを黙らせてたから！」

「…………」

「あ、その目、なんだか信じてないっぽいけど、俺だってバッチリサポートして活躍したんだぜ？　何せ俺ってば、大臣の一番の『手駒』で剣の腕も立つからね！」

そっちじゃねぇよ。被害が増すから、加勢するんじゃなくて上司を説得して止めてやれ。そもそも相手を叩きのめした時点で、平和的も何もないだろう。

マリアは、心底呆れてニールを見つめた。昔から不思議なのは、ジーンが相手をした連中がしっかり沈黙をたもって、大きな騒ぎや問題に決して発展しない事だ。

一体どのような交渉術を発揮しているのかは知らない。いつも「ははは、俺に任せとけ！」と爽やかな笑顔で告げて出掛けて行き、帰って来た時には全てが解決してしまっていた。中にはすっかり和解して、臨時で仕事の協力を引き受けてくれる人間もいたほどだ。

そう考えると、彼が大臣をやっているのも頷けるような気もした。

あの当時も国王陛下アヴェインの相談に乗り、「ちょっと寄り道しようぜ！」とオブライトを誘って非公式な交渉人のような事をやっていたりした。少々規格外ではあるが、その実力は本物だろう。

すると、先輩の真似をするかのように、ヴァンレットが太い指先で肩をつついてきた。どこか楽しそうに少し背を屈める彼を、マリアは「どうしたの？」と見上げた。

「ジーンさんは、この前、新人部隊員とも楽しそうに遊んでいた」

「……ヴァンレット、それ、大きな勘違いだと思う」

唐突に報告されて、マリアはかなり困ってしまった。

「すみませんニールさん、――通訳してください」

「え、俺に振る？　俺あんま王宮にいないから、見逃しているのも結構あるんだけど……でもお嬢ちゃんに頼られたとあっちゃ、ここは見せどころだよな！　ちょっと待ってて、えぇと魔王が乱入したやつかな、それとも一人ずつ素手で放り投げたやつかな？」

どれも物騒そうな話である気がした。確かにジーンは馬鹿力ではあったけれど、軍人枠でなくなった今も武闘派だというのも、どうなんだろうなと思う。

そうやって自由に雑談しつつも、マリア達は既に木刀戦についての考えを各々終えていた。説教に熱が入っていたところ、「師団長、お時間が……」と若い部下に声を掛けられたポルペオが打ち合わせに戻って行ったタイミングで、ジーンが「さて」と言う。

「ウチはいつも通りの戦法で行きますかね」

同じように思案済みの彼が、円陣を組むように向かい合った面々を見回した。役割分担を確認すべく、まずはいつも通り親友へ目を向けた。

「この木刀戦、マリアはどう行く？」

「狙うは一点」

「だな。んで、ニールは……」

そこで目を向けられたニールが、「へへっ」と嬉しそうに鼻を擦って胸を張った。

「俺はいつも通り後方っす！　つか『狙うは一点』って、なんか懐かしい感じが――あ、お嬢ちゃんはソレでいいの？　この流れからすると大将戦担当になるけど」

「ふっ、使用人根性を舐めないで頂きたいですわね、ニールさん。前にも言った通り護身術には自信がありますし、ヅラごと幼少宣言を撤回させてみせます」

そう言うと、マリアは真面目な表情で腕を組んだ。ポルペオ達の方を見やり、瞳孔の開いた目でロックオンする。

「それに、ここは勝った方が正義です」

「わーぉ、もうそれ武人思考じゃね？　手っ取り早く白黒つけちゃうっていう物騒な感じのアレだよね――でも、俺そういうの嫌いじゃないぜ、お嬢ちゃん！」

ニールが「やべぇ、なんだかかっけぇ」「超頼れる感じ」と目を輝かせる。

それを見たジーンが、「そこも昔と同じだなぁ」と苦笑を浮かべた。確認を取った二人から、続いてヴァンレットへ目を向ける。

「それでヴァンレット、お前の考えは？」

「突破口を作った後、ニールに続きます」

「オーケー、そこもいつも通りだな。俺は『大将』を前に出して、その周りの雑魚を片付ける」

言いながら木刀を拾い上げ、ジーンはそれぞれに投げ渡した。

マリアは、慣れた仕草で木刀を受け取ると、振り応えを確認するように下に払った。ヴァンレットが「うむ」と握り心地を確認し、ニールが口笛を吹きながら木刀を片手で回して握り直す。

ジーンが「さて」と木刀を肩に担ぎ、こちらの準備はいいぜと伝えるように視線を向けた。

こちらを見つめ返したポルペオが、気難しそうな眉間の皺を深める。考えの読めない鋭い黄金色の瞳をすぅっと細めると、挑発するように木刀の切っ先を下へ振り払う。

「ジーン、そちらの作戦会議はもう終わりか」

「おぅ。バッチリだぜ」

「ふんっ。貴様と木刀を交えるのも久しいな」

「ははは、そんな暇があればいいがな、ポルペオ？」

多分お前の木刀は、大将戦で手いっぱいになるだろうさ——と、ジーンはニヤリとした。

ほど良い緊張感が場に満ちていた。

ポルペオの若い部下たちは、自分たちが久し振りの緊張状態にあるのを自覚していた。

相手が武器を使い慣れているらしい事が伝わってきて、警戒心を煽られているのだ。

軍服のジャケットを着たメイドの少女に、正体不明の重圧感を覚えた。彼女が木刀を試し振ったのを合図に、まるで上官に従い続くかのように、三人の男の気配が締まって隙のない威圧感を背負ったようにも感じた。

彼の人が望むのならば、絶対の勝利を――。

男たちが揃ってこちらへ目を向けてきた時、どうしてか戦場での謳われ文句が浮かんだ。

かなり馬鹿バカしい想像だが、そこにいる三人の中年男は精鋭部隊の軍人であり、本物の地獄を勝ち抜いて来た猛者であるかのように思えた。

そんな事あるはずがない、現役軍人はあの近衛騎士隊長だけのはずだ。

それなのに、どうしてこんなに怖いのか？

本気で守りに入らないと、すぐに師団長の懐に入られてしまうかもしれないと感じた。大将まで行かせないという鉄壁の守りには自信があるのに、警戒を強くして木刀をきつく握り締めてしまう。

ポルペオ師団長が、支度は整ったかと『大臣』に呼び掛けた。応答する大臣の口調は相変わらず軽いのに、どうしてか僅かな隙さえも見えなくて緊張感だけが増した。

ジーンが話すのを眺めながら、マリアは下へ向けた木刀をきゅっと握り締めた。

ポルペオを相手にするなら、よそを見てはいられない。【突きの獅子】と呼ばれる彼は、怒濤の攻撃を得意とし、もっとも防御し難い攻撃の型を持った騎士だった。

剣でありながら、槍（やり）のように突く独特の剣術。

初めてポルペオの剣の型を目にした時、その洗練された動きが実に見事なのに目を惹（ひ）かれた。彼の剣先は一切ブレる事なく重さを感じさせないまま一気に突き出され、引き戻された。あっという間に敵を粉砕してしまうその威力は、日々の鍛練の賜物（たまもの）だった。

長期戦は不利になるから、こちらとしては一気に畳み掛けるつもりだ。そう考えていたマリアは、どうしてかポルペオと出会ったばかりの頃の事を思い出していた。

隊長就任式で初めて会ったポルペオは、髪の先まで貴族のオーラをまとっていた。礼儀を守って一瞬外したヅラをまた被（かぶ）り直しても、引き続き貴族連中に囲まれ続けていて、煌（きら）びやかな世界の人間なんだろうなぁという感想を抱いたのを覚えている。

だから出会った当初は、関わる事のない男だろうと思っていた。生きる世界がまるで違っていて、きっと言葉を交わす事もないのだろう、と。

隊長となってからの初登城で、ジーンとはぐれた際に、何故かソファが飛んできてレイモンドと知り会った。その後に「よろしく、後輩」とグイードが隣に腰掛けてきて――。

そうして次に登城した時、ポルペオが目の前に立ち塞がったのだ。

――我が名はポルペオ・ポルー、私がお前のライバルだ。

開口一番の彼の言葉を思い出していると、ポルペオがジーンとの話を終えて戦闘の指揮態勢を取るのが見えた。大将である彼を背後に置いて、若い騎士たちが両手で木刀を構える。

恐らく部下たちがイケると察した時点で、奴は号令を出してくるだろう。

マリアは、姿勢を楽にして開始の合図を待った。ジーン達もそれぞれの待機態勢で立っており、全員がいつでも動き出せるように、木刀を持つ手にだけ力を入れていた。

「よく部隊同士の取っ組み合いにもなったよなぁ」

目も向けず、ジーンが笑いを堪えてこっそり囁いてきた。

「とくにさ、ニール達が入隊する前までは結構騒がしかったよなぁ」

「――そうだな。もう何遍もやり合ったな」

マリアは、ニールやヴァンレットに聞こえないよう、小さな声でそう返した。

部隊同士で勝負だと喧嘩を吹っかけられて、木刀戦になる事も珍しくなかった。強烈な違和感のせいで目に留まる『ポルペオの似合わないヅラ』が黒騎士部隊としては気になってもいたので、売られた喧嘩を買うついでによく彼のヅラを狙ったものである。

頭部にガッチリはまっているヅラを、吹き飛ばすというのも案外器用さが必要だった。

勿論、成功しても失敗しても、ポルペオは当然のように怒ったのだけれど。

いつだったか、もう出発しなければならないというタイミングで「先日はよくもッ」と怒ったポルペオがやって来たので、オブライトとジーンは部下たちとぎゃあぎゃあ言いながら王宮内から脱出したなんて事があった。

笑うんじゃないと憤慨するポルペオが面白くて、彼を撒いた後は皆で大笑いしてしまったものだ。

『すまんポルペオ、ちょっと本当に時間がなくてさ。また今度なッ』

『待たんかオブライト！　貴様は毎度バタバタしおってからに！』

『あははは、ちょっと賊を討ってくるよ』

『はあああああ⁉　今からか⁉　おまッ、あの件を引き受けたのか！』

『？　うん。今さっき、そこでアヴェインとすれ違って』

『そんな軽く受ける案件じゃないだろう殺しだぞ馬鹿者が！』

『知ってる。だから俺たちが行くんだ』

皆で笑って「また今度」とポルペオに手を振って、彼の追走を振り切って王宮を飛び出した。部下の誰かが「さよならヅラ師団長」と口にして、後ろからまた文句が聞こえたものだ。

そう思い返しながら、マリアは己の小さな手を見下ろした。

アレは約二十年前の光景だ。まだ互いに二十代前半だったなと思って、――それから過去の風景を記憶の底に押しやり、目先の勝負へと思考を切り替えるべく木刀を振った。

タイミングを計っていたポルペオが、すぅっと息を吸い込むのが分かった。

マリア達は、馴染んだ緊張感に地面を踏み締めた。五感を研ぎ澄ませて真っすぐに相手を見据える。固く結ばれていたポルペオの唇が、おもむろに淡々と開かれる。

「――始め」

そう告げられた瞬間、マリア達は身を低くして一斉に踏み込んでいた。

木刀を片手で構え、瞬発力を爆発させて一気に前方へと飛び出す。それを見たポルペオの部下たちが、弾丸のように迫って来る四人に「速い……!」と慄(おのの)いた。

上司の前を守るべく、騎士たちが慌てて木刀を構えた。だが、マリア達より二歩分前に出たヴァンレットが砲弾のような威力で木刀を打ち付けると、彼らの陣形はあっさり吹き飛ばされた。

直後、先頭にジーンが躍り出た。実に楽しそうな笑みを浮かべていて、横から振り下ろされた木刀を軽く払(はら)い退(の)けると、向けられてきた別の二本も弾き飛ばす。

「行って来い親友！」

ジーンが目も向けず、そのままぐっと背を屈めて後ろに声を投げた。

それを聞いたマリアは、前方を強く見据えたまま加速した。守りを崩された若い騎士たちが混乱する中、ジーンの背中に踏み込むと、迷わず駆け上がった。

「上出来だジーン！」

言いながら宙に飛び出した少女を見て、若い騎士たちは一瞬ばかり呆けた。顔の横を通り過ぎて行く少女は、可愛らしい顔に不似合いな、勝気で不敵な笑みを浮かべている。

まるで戦いなど微塵も恐れていないかのような笑顔だった。

スカートが広がる事を気に留める事もなく、空中で木刀を回して握り直す。

それは、相当に戦い慣れていると察せられる仕草だった。おかげで逆手に構えられた木刀にも違和感がなくて、彼らはそれがおかしいと気付くのに少し遅れた。

「え、なんだその構え……？」

空中を飛ぶマリアに、ポルペオの部下の一人が目を丸くする。

「よそ見してる暇はねぇぞ～」

「ッ」

直後、マリアから一番近い距離にいた騎士は、風を切る音に気付いて咄嗟に木刀で防御した。軍人の恰好をした大臣の口調は軽く、表情にも楽しさしか滲んでいない。しかし、その衝撃は「ぐぅ」と呻いてしまうほど重く、斬撃が見えなかった事にも戦慄した。

その後方では、ニールとヴァンレットが左右に分かれて暴れていた。

若い騎士たちは、馴染みある王宮剣術を使うヴァンレットさえ止められないでいた。それは軽い一振りのようにも見えるのに、両手で剣をしっかり握ってガードしないと、弾き飛ばされてしまうくらいに凶暴な威力だった。

それでいて【猛進の最強近衛騎士隊長】は、近い距離で目が合うと、にっこりと余裕を感じさせる貴族紳士の笑みを返してくるのだ。しかし、その温度はマイナス五度である。堪忍袋の緒が切れているらしいと感じて、彼らは血の気を引かせた。

「この人が切れるとか、あるのかよ……っ」

「いつものんびりしてるお人だろ⁉」

「馬鹿よそ見すんなッ、吹っ飛ばされるぞ！」

彼らはそう言い合いながらも、三人がかりでヴァンレットを止めるべく動いた。

右側をヴァンレットに任せたニールは、左側の騎士たちを相手にしていた。自己流の荒々しい喧嘩剣術で木刀を振り、素早く動いて相手を翻弄しながら次々に打ち払って行く。

「あ。そーだ」

不意に、ニールはそう口にすると、その場にしゃがみ込んだ。

「今度は下から来るのか⁉」

対峙（たいじ）していた騎士が、普段の対戦相手には見られないその行動に慌てた。しゃがんだニールがニヤァっと嫌な笑みを浮かべて木刀を後ろに引っ込めるのを見て、次の一手が読めず硬直する。

「残念だったね騎士君、これ、『嘘』でした！」

「は…………？」

その辺で遊んでいる子供のような笑みを向けられた直後、ニールに足払いされた若い騎士は、「うわっ」と情けない声を上げてひっくり返った。

先程から全ての攻撃を、のらりくらりと避けられている。おかげで苛々の増していた二人の騎士が、それを見て「この野郎ッ」とニールに飛び掛かった。

「ははは、短気なガキ共だなぁ」

ニールは笑いながら、片手で地面を支点にして宙返りするように後方へ飛び退った。そのまま木刀を振り下ろしてきた騎士の脇をするりと抜けると、「よいしょっ」と後ろ手に打ち返し、素早く引き戻した木刀で残りの騎士たちの攻撃を受け止める。

「ふっふ～ん。次に打つなら胸か腹か、どっちがいいかなぁ」

唇を舐めたニールは、開いた瞳孔を若造共に向ける。

マリアは、そんな部下たちを振り返る事なく、一直線にポルペオへと向かって飛んでいた。後ろは彼らに任せて、ただただ大将を討つべく狙いを定める。

上空から飛び掛かりながら、逆手で構えた木刀を彼の頭上へ殴るように放った。

少女の身とはいえ、全体重分も加わった一撃は想定通りそれなりには効いてくれたらしい。すかさず木刀で妨いだポルペオの顔が、むっと顰められるのが見えた。

とはいえ、これくらいじゃあ全然ダメージになりはしない相手だという事は、分かっているんだけどな。

鍔迫り合いをする互いの木刀がギリキリと立てる音を聞きながら、マリアはそんな事を思った。現場の下見を終えて早々、一筋縄ではいかないポルペオと木刀戦というのも骨が折れるな——そう思いながらも、ニィッと不敵な笑みを満面に湛える。

だが、『そうでなくては面白くない』と言わんばかりの表情だった。

近い距離で目を合わせていたポルペオが、黄金色の瞳を少し細めた。そのままマリアを木刀ごと押し飛ばすと、地面に降り立った彼女を見つめて言う。

「——実に不思議なメイドだ。そこで笑うのか」

「ただの性分ですわ。使用人根性でもありますのよ、師団長様」

マリアは、肩に掛かった長いダークブラウンの髪を背中に払った。後頭部にある大きなリボンが揺れる中、あざとい角度に小首を傾げて愛想笑いを浮かべて見せる。

するとポルペオが、不可解だと言わんばかりに鼻頭に皺を刻んだ。

「『そちらの使用人』は、皆そうなのか？」

「そう、というのが好戦的かという事を指すのであれば、そうですわね」

「なるほど——互いに戦闘のプロ同士だ、もとより遠慮するつもりはない」

「あら、初めて意見が合いましたわね。私もそのつもりですわ、師団長様」

そのヅラ、遠慮なく吹き飛ばさせてもらう。

うふふ、とマリアは少女らしく微笑しながらそう思った。

直後、ニッと笑って彼女は一気に踏み込んだ。ポルペオも同時に踏み込み、木刀を槍のように構えて一気に突き出す。それでも躊躇する事なく前進したマリアは、その切っ先を僅かな動作でかわすと、片手で木刀を握り直して打ち返した。

どちらも互いから視線をそらさなかった。衝撃でポルペオの黒縁眼鏡が僅かに浮き、マリアのダークブラウンの髪とスカートもふわりと舞う。

コンマ二秒ほど、ゆったりと時間が流れているかのような刹那(せつな)。

マリアは既に次の攻撃体勢に入り、ポルペオもとうに木刀の向きを変えていた。

その一瞬後、息を吐く間もなく連続で互いの木刀が振るわれた。速い斬撃が空気を裂く音を上げ、両者どちらも掠(かす)り傷一つ負わないまま木刀が打ち合わされ続ける。

ポルペオの突きの威力は知り尽くしているので、衝撃で木刀が折れてしまわないよう、器用に木刀の先を滑らせ、相手の剣の軌道をそらしながら攻撃を返す。彼も同じように動きを微調整してきて、木刀で出せる最大限の威力で打ち返してくる。

なんだか面白くなってきたな。

マリアは、思わずニッと好戦的な笑みを浮かべた。何度も打ち合わされるたびに、互い

の木刀がギシギシと軋む音を上げる。

思い返せば、ポルペオとは一番多く正面から剣を打ち合わせてきた。絡まれるのを面倒だと感じながらも、オブライトは彼と剣を交える時間を楽しく感じてもいたのだ。

ポルペオは真面目な男で、その剣に迷いはなくいつも本気だった。

自分たちは対等の立場なのだと真っ向から挑み、競ってこられたのは彼が初めてで……。実のところ、そうやって剣を交えてくれる『友人』が出来た事がとても嬉しかった。

出会って一年目のある日に、彼に言われた言葉によってその事に気付かされた。

『なぁポルペオ。毎日目の敵にされているけど、俺、何かしたかなぁ』

『言っただろう。私はお前のライバルで、お前は私のライバルだ』

それは夜会警備の臨時任務に当たっていた時の事だった。騒ぎの最後にグイードに吹き飛ばされて、オブライトは会場の外の茂みにハマり、ポルペオが上から飛び降りてきた。

『じゃあ、なんで手を差し出すんだ？　俺は一人でも立てるよ』

『貴様は馬鹿か？　ライバルで友人だからに決まっているだろう』

ずっと共に剣の腕を磨き、同じ任務に当たり一緒にメシも食っている。それを友と言わずになんと言うのだ？　ポルペオはそう、顰め面で当たり前のように言ってきた。

奴は、剣豪と言われるに相応しい男だ。四十を過ぎても腕力は衰えておらず、少女の身だと体格差によるパワーの差は無視出来ない。木刀越しに受ける衝撃を全て殺す事は出来なくて、マリアは腕にピリピリとした痺（しび）れを覚えていた。

男だった頃と比べるとスタミナにも開きがあり、長期戦は圧倒的に不利だ。オブライトであった時と違って、力任せにポルペオの剣を捩（ね）じ伏せるのは難しいだろう。

しかし、それがどうした、とマリアは不敵に口角を引き上げた。

オブライトであった時も、その幼少期から、自分は身体の大きさなど関係なく戦ってきた。だからそれが不利になるだとか、それで負けてしまうかもしれないとは考えない。

これまでずっと、剣一本で生きてきた。

今も後ろには、付いて来てくれる部下たちがいる。

それだけで十分だ。彼らが背中の向こうにいるというのに、負けるかもしれないと考える方がおかしいだろう。

勝って、勝ち抜いて、そうやって部下たちを守ってきた。全員生きて戦地から帰還させるのが、隊長であった自分（オブライト）の使命の一つだったのだ。

もとより、こちらの狙いは一点。それこそがポルペオの急所だ。

再びポルペオが突きの体勢に入ったのを見て、マリアは先程よりも速く木刀を突き出してその動きを妨害した。そのまま彼の木刀を絡め取るべく、切っ先をぐるりと回す。

突き技を何度も封じられているポルペオが、実にやりづらいと言わんばかりに眉間の皺を深くした。主導権を奪われてなるものかと、一旦体勢を整え直すために身を引こうとする。

「逃がすかよ！」

マリアは口許に笑みを浮かべて、彼の木刀を追いかけた。

ポルペオが「チッ」と舌打ちし、弾き返すべく木刀を振るった。しかし、マリアはステップワークで距離を取るのではなく、その軌道を読んで上体だけ後ろにそらした。

眼前スレスレを、ポルペオの木刀が過ぎって行く。

柔軟な身体と、それを両足で支えるほどに鍛えられた身体能力。一瞬の判断で実行されたその動きを見て、ポルペオが目を見開く。その姿勢のまま目が合ったマリアは、他の方法で防御するとでも思ったのか、残念だったなと意地悪そうにニヤリとした。

久々にポルペオの驚く顔を見られて、ますます楽しくなってきた。

そもそも、折角ここまで追い詰めたのだ、逃がすわけがないだろう。

マリアは地面に木刀を刺すと、そこに重心を掛けて素早く体勢を戻した。身構えたポルペオにすかさず打ち込むと、すぐに構え直して次の攻撃を放つ。

突きの攻撃が専門であるポルペオは、どの攻撃も突き型を応用した防御技で難なく受け止めた。それを見越していたマリアは、かかったなと不敵な笑みを浮かべた。

少しだけ力を抜くと、受け止められた木刀を彼の持ち手へ向けてそのまま滑らせた。顎目掛けて向かって来る木刀の切っ先に気付いたポルペオが、苦い顔で舌打ちする。

「次から次へとッ、実に読みづらい……！」

想定外の攻撃を受け止めるべく、彼が木刀を両手でしっかりと握って防御に徹する。

直後、マリアはあっさり木刀の軌道を変えた。狙い通りの体勢を取ってくれた彼の手から、今度こそ木刀を取り上げるべく、自身の木刀の先をくるりと回して絡め取りに掛かる。

それを見たポルペオの黄金色の瞳が、僅かに見開かれた。

その唇が小さく動かされて、言葉らしきものを刻んだような気がした。

だが、マリアは聞き取る事が出来なかった。彼はすぐに元の表情に戻ると、一瞬後には全意識を目の前の戦闘へと切り替え、「ふんっ」と素早く攻撃を回避していた。

さすがはポルペオだ、あそこで瞬時に対応出来るとは恐れ入る。

おかげで、少女の身というハンデもあって、木刀を弾き飛ばすまでには至らなかった。

しかし、ポルペオの構えを崩せた手応えを感じたマリアは、少年のような笑みを浮かべた。

「よっしゃ！　ははっ、ようやくガラ空きになったか！」

ここに来てようやく、ポルペオの頭部が完全にノーガードになったのを見たマリアは、少女顔に不似合いな男らしい笑みを浮かべると、すかさず木刀を下から構え直した。

「それでは、こちらも遠慮なく行かせて頂く！」

そのまま、至近距離で目が合ったポルペオに素の口調で宣言する。

まるで騎士みたいな物言いだとポルペオが呟いて、一瞬訝しげに眉を寄せた。ふと、遅れてマリアがロックオンした視線の先に気付き、まさかと顔を強張らせた。

「待てッ。もしや貴様『私の髪』を……!?」

だいじょーぶだって、ヅラじゃないと言い張るのなら吹き飛ばない。

うん、これ鉄則。

マリアは、黒騎士部隊内での名台詞を思い出しながら「問答無用!」と愉しげに答えた。オブライトだった頃と同じいい笑顔で、待ってましたとばかりに意気揚々と躊躇なく木刀を上に突き出した。

絶妙な軌道と力加減で放たれた攻撃が、木刀一本とは思えない旋風を巻き起こした。打たれたポルペオのヘルメットのようなヅラが、派手に吹き飛んで上空へと舞い上がった。

※※※

剣に誓いを立てよ。

運命の主君と出会えたのならば、この命が尽きるまで忠誠を捧げる覚悟である。

「お前は、器用なのか不器用なのか分からん奴だな」

だから正式な誓いの言葉を唱えるのは、この剣を捧げる唯一の人に出会えた時のみ。嘘偽りなくそう告げた私に、陛下は苦笑しながらも、お心広く私の忠誠心を認めてくださった。


我が剣に迷いはない。

私は迷いも、立ち止まりもしない。


国を守る同じ騎士同士で優劣を付けるなど馬鹿げていると悟っている私だが——。

ただ一人だけ、どうしても無視出来ない男がいた。

もしかしたらソレは、受け入れられない、という感情に似ていたかもしれない。

私たちは全く正反対の人生を歩み、同じ土俵に上がった。同じ年齢であると聞いてますます競争心が増したようにも思うが、受け入れられない決定的な理由については、私自身よく分からないでいる。

出会い頭の会話が発端だったのか。はたまた同じ歳で『最強』という名誉を手にしながら、相応しい立場を得ようともしないその振る舞いが、この私に理解出来なかったからか。


誰もが、彼には敵わないと口にした。

同世代の誰も『競い合う剣』として、彼の男に並ぼうとはしなかった。

同じ歳で最強師団長といわれた私と、荒くれ部隊の中でも最強の男といわれた彼。我々は全く正反対の人生を歩んで来て、そして同時に同じスタート地点に立った。

よかろう、ならばどちらがより優秀かを、我々二人で競って決めればいい。

私は、私の師団が奴の部隊よりも強く、優秀である事を認めさせるとしよう。それぞれの部隊を率いる同年齢の者同士、どちらが秀れているのかを示すのだ。

いずれ奴の隣に競い並ぶ誰かが現れるのを、そうやって私は待つ事にしよう。


この剣は友ではなく、将来仕える主のために。

私は、迷いはしない。振り返りもしない。


何故競い続けたのかと訊かれても、よくは分からぬ。もはや、そうする事が当然のようになってからは、言い訳として考えていた辻褄も理由も忘れた。

私は奴のライバルで、奴はただ一人の我がライバル。

それ以外に理由など必要ないだろう。

最強という名を戴いた男も、私たちと同じただの人間なのだ。人間は競い合ってこそ成長する。一人、頂点に座したまま孤高であっては、きっと人生はつまらない。

誰も競い並ぼうとしないならば、まずはこのポルペオ・ポルーが、先陣を切って声高々に宣言してくれよう。

私は、オブライト・ニールディークのライバルである、と。

※※※

オブライトの友人にして、現在、騎馬総師であるレイモンドは、王宮の中央回廊を足早に歩いていた。

朝から大忙しなのだが、その優しい鳶色(とびいろ)の瞳は疲労以外の気掛かりで曇っている。ずっと気になっているのは、今朝(けさ)から急きょ活動を開始したジーン達の事だ。

おかげで仕事中も移動中も、その件が脳裏を掠めて集中力が低下してしまう。

「何も起こっていない、……………といいけどなぁ……」

思わず口からこぼれ落ちた呟きは、自信がないせいで小さくなった。その日のうちに大きく動くという事は普通はないのだが、残念ながら彼がよく知る友人たちは違っている。

とくにジーン達は、普段から予想の斜め上を行く行動力を発揮した。

奴らには、グイード以上に『慎重さ』がない。自由奔放で、ほとんど無計画。そして迅速な仕事ぶりという反面、周りを巻き込んで騒動を勃発させる天才だ。

荒くれ者の元黒騎士部隊員で構成された、四人組の臨時班。

気になる。めちゃくちゃ気になって仕方がないぞ。

大臣になった今も、ジーンは相変わらず思い付いたら即行動で、日々騒ぎを起こしては部下たちを困らせている。ヴァンレットは宰相ベルアーノの胃を痛め付けており、出張の多いニールは出先から問題を持ち帰って来る問題児である。

マリアに関しても、誰かの胸倉を摑み上げているところしか見ていない。

彼女が美少年サロンで切れた時は、ドMの変態と、天敵に怯えるお調子者と、空気を読まない問題児を一人でどうにかしなくてはならなくて大変だった。

「…………まぁ、さすがに別れて数時間も経っていないしな」

レイモンドは、そう自分に言い聞かせる事にした。奴らも落ち着いた年齢の大人だから大丈夫だろう、とグイードも乾いた笑みで言っていたし、そうであると信じたい。

その時、騒ぎが後方から近づいてくるのが聞こえた。

なんだろうと思って振り返ると、こちらに向かって猛進して来る特別救護班の姿があった。白衣ではなく、騎士団の軍服に『救護』の赤い腕章を付けている。

特別救護班は、特殊な場所への出入りも許されている者たちだ。軍医枠所属ながら部隊軍に属し、医療技術だけでなく軍人としての戦闘訓練も受けている猛者たちである。

「どけどけぇぇえええええええええ！」

「『特別救護班』のお通りだあああああ！　道を開けやがれ！」

荒々しく叫びながら、経験を重ねた屈強な男たちが横を通過して行く。

「ポルペオ様のヅラが飛んだぞ――――！」

その直後に続いた怒号を聞いて、レイモンドは「ごほっ⁉」と思い切り咽せた。嘘だろという思いで、担架を抱えて走って行く集団の後ろ姿を目で追う。

マジかよ、と口の中で呟いた。

何せあの鬼畜で超迷惑なドS――じゃなくて総隊長のロイドが、ジーン達の許へポルペオを向かわせるという悪巧みを企てたのは今朝だ。

そして、そのポルペオを返り討ちにして、わざわざヅラを飛ばすという行動を起こす連中については、レイモンドは一部隊しか思い付かないでいる。

それは、黒騎士部隊の面々だった。奴らは何故か昔から、ポルペオのヅラを急所と見なしていて、隙あらば「ヅラを飛ばしてやんぜ！」と揃いも揃って迷惑極まりない意気込みを見せていた。

目立ちまくっているヅラが似合わな過ぎて気になるのだ、とは何度か聞いた事があった。しかし、それ以上の明確な理由を訊くと首を捻られてしまい、レイモンドは嘘だろと呆れた。

『…………あのさ、オブライト？　お前の部下たちは、お前の真似をしたがるから、もっと慎重に考えて行動した方がいいって。つか、なんでまたヅラを飛ばした⁉』

『うーん。あの急きょ用意された新しいヅラ、半端なく違和感ありまくりで……?』

『んな理由で、上から飛び降りて奇襲かけたのか⁉』

そりゃポルペオも怒るわッ、と全力で突っ込んだのを覚えている。

グイードのように、他の部隊の中にもそのノリに便乗してヅラを狙う男たちがいた。唯一ヅラを重視していなかったのは、あの悪魔のような双子の少年司書員くらいだ。

とはいえ、彼らはよくポルペオの眼鏡を叩き割っていた。

それはもう容赦なく、前触れもなく笑顔で破壊し「行動と台詞が噛み合ってないッ」「今、破壊する理由がどこにあった⁉」と、レイモンドは何度叫んだか分からない。

そのたびに、ポルペオは説教しながら懐から替えの眼鏡を取り出していて、こいつは何本の予備を持っているんだろうという疑問も覚えた。度の入っていない眼鏡だからこそ出来る芸当なんだろうな、とオブライト達と一緒に思ったものだ。

そういえば、あいつらは王宮を出た時には、もう成人していたんだったか。

少年という表現も今更のような気がして、出会った頃はまだ十三歳だった二人の元少年司書員をレイモンドは思い返した。あれだけ王宮を騒がせた大貴族の子息だったというのに、オブライトの葬儀が終わってすぐ、彼らはあっさりと出て行ったのだ。

『ふふっ、さようならレイモンドさん。結構楽しかったよ、バイバイ』

『オブライトさんがいないのなら、もうここにいたって意味ないもの』

いつもココに帰って来てくれたのにねぇ、と双子の兄の方が呟いていた。黒騎士部隊の建物は遠いところにあって、彼らは家の立場上、そこに顔を出す事は出来なくて——。

そう感傷的に思い出していたレイモンドは、その双子の兄による『巻き込み被害』の数々が脳裏に蘇って顔色を青くした。踏み込んだ廊下が、何故か吹き飛んだなんて事もあったっけ。

「というか、ジーン達は早々に何やってんだよ」

ふっと息を吐いて、小さく頭を振りながらそう呟いた。

というかポルペオ、お前も早速ちょっかいを出しに行ったのか……と、ロイドの思惑通りに『久々にポルペオ師団長のヅラが飛んだ』のかと考えたら、こっちが心配しても結局はそうなるんだなと、どっと疲労感が込み上げてきた。

「はぁ……まだ一日も経ってないのに、もう騒ぎを起こしているとか……相変わらずとんでもない連中だな」

多分これ、宰相が倒れそうな気がする。

そう思ったレイモンドは、想像して中央回廊に立ち尽くした。そんな彼の横を、まるで喧嘩にでも巻き込まれたかのような疲弊っぷりで、一人の若い騎士がよれよれになった足を必死に動かして、特別救護班を追うように通り過ぎて行った。

※※※

レイモンドのいた回廊を走り抜けた特別救護班は、引き続き「どきやがれぇ！」と雄叫びを上げながら、軍人らしい荒々しさで全力疾走していた。

次の廊下に居合わせた軍人たちが、何が起こったのかを察して互いの表情を見やった。ベテラン軍人が騒ぎを起こすという事はしばしばあるのだが、畏れ多くも【突きの獅子】と呼ばれているポルペオ師団長の場合は、そのヅラが飛ぶ。

何しろ当事者たちは、十六年前まで続いていた激動の戦乱時代を生き抜いた『黄金世代の最強の武人たち』だ。破壊力も尋常ではなく、止められる者などいない。

その時、廊下を駆け抜けて行った特別救護班の後を追うように、ポルペオの部隊に所属している若い男が、よろよろと走って来る姿が彼らの目に留まった。

ポルペオの第六師団は、普段の身なりなど規律も厳しく、優秀な者が多く揃っている事で有名だった。軍服の胸部分には、『第六師団』の銘が特注で刺繍（ししゅう）がされている。

それだというのに、その部下はボロボロの姿になっていた。

殴り合いの喧嘩でもしたみたいに軍服は土埃まみれで、整髪剤で整えていた髪も乱れてしまっている。普段エリートぶって涼しげな表情を浮かべている顔も疲弊し切り、「師団長のためにッ」と必死になって懸命に走っているようだった。

「………………おいおい、一体何があったんだ？」

「めちゃくちゃフラフラだぞ、あいつ」

「とはいえ、少し休んでいけとも言いづらい雰囲気だよな」

誰か事情を訊いてみろよと言葉が交わされ始めた時、唐突にそこにあった執務室の扉が勢いよく開いた。

咄嗟に男たちは、少しのざわめきでも立てたら殺される可能性を考えてピタリと口をつぐんだ。ふらふらと走っているポルペオの部下の後ろ襟首が、目にも止まらぬ速さで無慈悲に捕獲されるのを、バッチリ目撃して息を呑む。

その若い騎士が、自分を覗き込む背の高い男が誰かに気付いて「ひぃぇぇぇ」とか細い悲鳴をこぼした。

それは自身の執務室から出て来た、銀色騎士団の総隊長ロイドだった。オブライトを知る一人で、今やファウスト公爵でもある王宮一ドSな元少年師団長である。

絶世の美貌を持つロイドは、その美し過ぎる顔を怯える彼に近づけた。ますます涙目になられると、愉快だと言わんばかりに、黒に近い紺色の瞳を上機嫌そうに細める。

「――ヅラの件、詳しく話せ」

神秘的な色合いにも見える紺色の瞳は、捕食者の如くギラギラと輝いていた。総隊長の見目麗しい鬼畜な笑顔を見たポルペオの部下は、神に祈るような泣き顔で「はいぃ」と答えた。

周りの男たちは、そんなポルペオの部下に心底同情した。

けれど相手は、あのドSで鬼畜な総隊長である。彼らは「すまん、俺らには助けられない」「頑張れ」とこっそり合掌し、そそくさとその場を離れて行くのだった。

上司に続いて執務室から出て来たのは、これまた美貌の総隊長補佐モルツ・モントレーだった。彼は廊下が絶対零度の殺気と緊張感に満ちているのを確認すると、その視線を『魔王』と『震える仔羊』へと向け、揃えた指先で細い銀縁眼鏡の横を押し上げた。

「さすがです、総隊長。美しいゲス顔というのもそう滅多に見られないでしょう」

オブライトのストーカー呼ばわりもされていたドMの変態、モルツは涼しげな表情で熱い吐息を吐くと「素晴らしい」とひっそり一つ頷いたのだった。

十六章　長かった四人の初動日の締め

　もはやポルペオの急所のヅラを飛ばす事が目的になっていたマリア達は、それを達成するなり中央訓練場を後にして、王宮の公共食堂でシメの食事を摂っていた。

　昼食にしては遅い時間帯なので、利用している軍人の姿は少なかった。それでも四人が食事を始めるなり、その周囲にいた若い騎士たちは、テーブルに並んだ料理が次々と胃に消えて行く様子に耐えかね、口を押さえて席を移動して行った。

　四人とも、大食らい向けの裏メニュー『料理長の気まぐれデカ盛り定食』を注文している。それに加えて他のサイドメニューまで注文し、バクバクと食べ進めているのだ。

　公共食堂に居合わせた若い男たちは、見覚えのある無精髭の男とデカいリボンのメイドも気になって、先程からずっとチラチラ見てしまっていた。

「そういえば、またどこかで騒ぎがあったらしいぜ」

「へぇ、また総隊長あたりかな――というか、あの四人の胃袋ヤバくないか？」

「あの顔って、もしかしなくても大臣じゃね……？」

「言うなよ、俺めちゃめくちゃ気になってるけど見ないようにしてんのに」

「そっか、お前の小隊って確か大臣の護衛もやってたっけ……。というかあのメイドの子って、確か第三王子ルクシア様と一緒にいた子供だよな」

「なんで近衛騎士隊長も揃って、四人で隊員ジャケットを着ているんだ……？」

周りで交わされる会話は、マリア達の耳には一切入っていなかった。木刀試合で空腹になっていたので、それぞれが自分たちの本来の仕事に戻らなければならない時間を考えて、食う事に集中していたのだ。

大臣としての仕事があるジーンと同様、ヴァンレットもすぐに近衛騎士隊に戻らないといけないらしい。宰相ベルアーノから聞かされていたスケジュールを、本人はとっくに忘れていたようだが、ジーンがしっかり思い出させて念を押して伝えていた。

とはいえ、ここでもう一度伝えたとしても覚えられないのがヴァンレットだ。

「…………引っ張り出した責任もあるからな。ここを出たら、俺がベルアーノの部屋にでも放り込んでくるか」

ここを出たら真っすぐ向かえよと説明した後、ジーンは最後にそう呟いてもいた。本日の件は、それだけ無理を言って急きょスケジュールを空けてもらっていたのだろう。

それに比べると時間的余裕はあったものの、マリアは早目に第四王子クリストファーとリリーナの許へ戻るつもりだった。なんだかとても疲れた気がするし、随分長い事そばを離れていたようにも感じていて、早くあの二人の天使に癒されたかったのだ。

その時、かなり腹が減っていた様子でバクバクと『料理長の気まぐれデカ盛り定食』を食べ進めていたジーンが、食べる手を一旦止めて顔を上げた。

「ニール、お前他に予定ないだろ？　今のうちに報告書をさくっとやって、ここを出たらそのままロイドの執務室に投げ込んできてくれねぇか？」

「え～、超めんどいんすけど……」

「ロイド本人に口頭で報告するよりマシだろ？」

「口頭報告は絶対嫌っす、だって変態野郎がそばにいるに決まってるっすから！」

想像するだけでも恐ろしい、とニールが肩を震わせた。

その様子を見ていたマリアは、もぐもぐと口を動かしながら、物言いたげな表情を浮かべた。自分よりは読める字を書いていたとはいえ、彼は紙の上においてさえ持ち前の性格が出て、とても書類作業が出来るような男ではなかった覚えがある。

当時は、まとまりのない普段のお喋り口調のままの長文を書いていた。今は大臣の部下なので、もしかしたらその辺の仕事も、少しは出来るようになっているのか……？

そう考えていると、『料理長の気まぐれデカ盛り定食』を完食したヴァンレットが、切り分けられた鳥の丸焼きへと手を伸ばすのが見えた。

マリアはそれにつられて、「まぁ報告書の件はあいつらに任せるか」と、一旦箸を置いて手拭い用の濡れ布巾を引き寄せた。それから、ざっくりと切り分けられた鳥の丸焼きに手を伸ばし、彼と同じように素手で摑んだ。

普段、報告書作成なんて頼まれる事のないニールは、乗り気でないという表情を浮かべていた。ジーンは、マリアにつられて濡れ布巾を手に取りつつ、彼にこう続けた。

「活動初日という事もあるから、ロイドは状況を知りたがってると思うんだ。かといって俺は、この後に大臣の仕事が入っていて、しばらくは抜けられねぇし――まぁ、俺としても色々と早いうちに仕掛けておきたいっつうか」

ハーパーの件は、数日内には決行される案件だから時間は限られるしなぁ、とジーンは思案するように呟きながら、切り分けられた鳥の丸焼きの一つを手で摑み取った。それから隣のマリアと同じタイミングで、肉汁たっぷりのそれにかぶり付く。

「副隊長、そのタイミングで食うんすね」

続く言葉を待っていたニールが、またしても馴染んだ呼び名を口にした。「話の途中なのに」と言いながらも、自分もサイコロステーキを口に放り込んで堪能する。

「やっぱココの肉料理って最高だなぁ。安く食えて肉も柔らかくて美味いとか、最高過ぎるわ。王都に戻って来たら、真っ先に食べに来たくなる食堂だよねぇ」

思い付くまま独り言を口にした彼が、ふとマリアの方を見た。口の小さい女の子なのに、自分たちとほぼ同じスピードで食べ進めている彼女の胃のあたりへ目を向ける。

「お嬢ちゃん、どこに食べ物が消えてるの？」

「いきなりなんですか？　そのサイコロステーキちょっともらってもいいですか？」

「わー。この流れでそのまま要求されるとか予想外」

ニールはそう言いながらも、気分を害したような表情はしなかった。マリアをしげしげと見つめたまま「美味しいし、いいよ？　はいどーぞ」と皿に数切れ分けてやる。

もう一切れ自分で食べようとしたところで、ニールは後輩からじっと向けられている目に気付いた。彼が続いてヴァンレットの皿にも取り分けていると、一齧り目の鳥肉を飲み込んでからようやく、ジーンが「報告書の件だけどさ」と話を再開した。

「お前なら、パッと書けちまえるだろ？　まるで喋るように文章を書けるとかもう才能だし、この中で一番適任だと思うわけだ。むしろ、その役目を果たせるのはお前しかいない！」

カッと目を見開いた彼が、唐突にわざとらしくそう力説してきた。

才能、適任、お前しかいない……口の中で言葉を反芻したニールが瞳を輝かせた。肉を分けてもらったヴァンレットが、二人を見守りつつそれを口に放り込んでもぎゅもぎゅする。

「マジっすか……！　俺ってば、そんなに超期待されてんの⁉」

「はははは。そうだとも、俺はお前に超期待している。無駄なく円滑に事を進められるかどうかは、今のお前に掛かっていると言っても過言ではない。――なっ、そう思うだろ親友よ！」

　鳥肉にかぶり付こうとしていたマリアは、唐突に話を振られて手を止めた。

「え。そこで私に振るの？」

　言いながら目を向けてみると、そこには赤み混じりの焦げ茶色の瞳に悪戯心を宿して、キラキラとしたイイ笑みを浮かべているジーンがいた。

　どうやらこの相棒（元副隊長）は、話を合わせろと言いたいようだ。演技がかった説得の仕方からするに、報告書を書かせたいとする何かしら別の思惑があるようにも感じた。

　ちらりと視線を流し向けると、お調子者のニールの期待の眼差しとぶつかった。二十歳くらいにしか見えないその顔に、「ジーンさんだけじゃなくて、もしかしてお嬢ちゃんにまで頼られている感じなの？」という思いが見て取れて、そのイイ表情を曇らせたくなくなった。

　まぁ、ジーンがそうさせたいのなら、ここは協力してやるか。

そう思ったマリアは、「そうですわねぇ」と相槌を打ちつつ、ニールのテンションが上がってくれそうな言葉を探した。大人びた眼差しを一度横に向けてから、彼に戻してこう言った。

「ニールさんなら、言葉がつらつらと出てくるのではないかと思います」

それくらいしか思い浮かばなかった。言い終わってから、褒め言葉でもなんでもないなとマリアは思った。

するとニールが、子供みたいに目をキラキラと輝かせて「マジかッ」と興奮したように言った。どうやら彼にとっては、テンションの上がる嬉しい言葉だったらしい。

「やべぇ、俺めちゃめちゃ頼りにされてるっ！　よっしゃ、この時間でパパッと仕上げて、お嬢ちゃんの中の俺の株を上げてやるぜ！」

なんでこっちの好感度を上げようとしてんの？

マリアは首を捻った。そのそばからジーンが紙とペンを取り出して、一人意気込むニールに差し出した。

「ほらニール、ここにちょうど紙とペンがあるから使っていいぜ」

「はいッ、頑張ります副隊長！」

受け取ったニールが、早速ペンを走らせ始めた。

どうやら元々ニールに報告書を書かせるつもりで、ちゃっかり用意していたらしい。ジーンがいつそれを考え、道具を懐に忍ばせていたのか気になるところである。

その時、マリアはヴァンレットの食べっぷりに気付いて「あ」と声を上げた。分けてもらったサイコロステーキを食べ切った彼が、続いてニールが毎回好んで食べているサイドメニューの一つである肉料理を、残していると勘違いしてパクパク食べ進めていたのだ。

「ヴァンレット、ストップ。その肉料理は半分残して、ニールさんにあげて。好物がなくなったらまた泣かれちゃう」

ニールは仕事をして、食べる手を一旦止めているだけだ。

そう教えてやると、ヴァンレットは報告書を作成する彼を見下ろした。それから理解してくれた様子で「うむ」と笑顔で頷いて、その皿をニールの方へ置く。

「ありがとうヴァンレット。それからその串焼きだけど、半分食べたらこっちに寄越してもらってもいい？」

半分は私が食べるわね、とマリアは笑顔で言う。

それを耳にしたジーンが「え」と声を上げ、余裕たっぷりにニールを見ていた目を動かして、彼女が話したその串焼きを見た。

「…………親友よ、あの、その串焼き俺の分も入っているのを忘れないで欲しいなぁ……というか、頼んだの俺なんだけど、もしやそれも忘れてる感じ……？」

「うむ、分かりました。じゃあジーンさんの分も一本残しておきます」

ヴァンレットが子供のような笑みを浮かべ、これで解決とばかりにそう言った。ジーンは「えぇぇ……」とこぼして、四人分として二十本注文したはずの串焼きを確認してしまう。

ふと、この面々だと、三十本はないと足りなかった事を思い出した。俺とした事がうっかりしていた……とジーンは目頭を押さえながら独り言を言う。

「…………やっぱりいいわ、もう一回注文する」

言いながら、不思議そうにしているマリアとヴァンレットに諦めた目を戻した。

「二人で全部食べてくれていいぜ、うん」

「そう？　じゃあ遠慮なく食べるわね」

「先に頂きます、ジーンさん」

「…………あうん、沢山食べて育つといいよ」

諦め気味に答えたジーンは、そこでハタと動きを止めた。

部隊があった当時、ジーンにとって十代のヴァンレットとニールは『子供』だった。「沢山食べて育つといい」というのは、その頃に彼らに掛けていた言葉の一つだった事を思い出した。

そのヴァンレットも、今は三十七歳だ。はたして、これ以上大きくしていいものだろうか……と真剣に考えたところで、いやそこじゃないだろうと気付く。

というか三十七歳って、とっくに成長期なんて終わってね？

ヴァンレットもまた、ニールには及ばないながら実年齢より若く見える。ジーンとしても自分の年齢を忘れる事はしょっちゅうなので、深く考えない事にした。

ひとまず現在、まだまだ小さな十代である親友（マリア）には、それとなく牛肉の厚切りが載った皿を寄せておく。そして気持ちを切り替えるように、布巾で丹念に手を拭った。

鳥の丸焼きは、実に美味だったなと思い返す。

誰かが美味（おい）しそうに食べているのを見ると、うっかり食べたくなるよなぁ。

そんな全く関係ない事を思って、頭の中をリセットしたジーンは『料理長の気まぐれデカ盛り定食』を食べる作業に戻った。そこでふと、もう一つ大事な点があったのを思い出す。

「ニール、『ピーチ・ピンク』の事も、忘れずにちゃんと書いておけよ？」

意気揚々とペンを走らせるニールに声を掛けた。外側にはねる赤毛をぴょこんと揺らして、彼が不思議そうに見つめ返してくるのを見て、ちょっと心配になった。

十六年前と全く容姿が変わらないって、それもそれでどうなんだろうな……。

まるで、あの時から成長が止まってしまったみたいな部下である。老いが見られないという言い方をしたら、若作りに精を出している貴族連中は羨ましがるだろうが。

「あのチンピラ共っすか？」

そんな事を考えていると、二十歳くらいにしか見えないニールが確認してきた。

「あいつらってそこまで重要な立ち位置でもないし、それにあの魔王の事だから、『余計な情報だ』『別にいらん』って怒りそうな気がします。だってあいつらの事を箇条書きするにしても、どうしてもフザケタ役者みたいな感じになっちゃうと思いますけど、――それでもいいんすか？」

「いいんだよ。報告書ってのは、時には笑いも必要だ」

ジーンは、上司の顔をしてそれらしい口調で言った。親友の方から、必要なわけあるか、と半眼を向けられたのを感じてちょっと嬉しくなった。

ああ、この感じ懐かしいなぁと思う。マリアが視線で、ニールはロイドに殺されるんじゃないか、と伝えてくるのを感じて、しばしうっとりしてしまった。

勿論、ジーンとて報告書を読むロイドが、何かしらの報復をする事は予想していた。でも、動揺させるのが目的なのだ。それと、クソ真面目過ぎる彼に、ちょっとした息抜きで感情の変化を楽しんでもらおうという、先輩心としての配慮もある。

うん、俺ってすんげぇ優しいし、よくよく考えている男だよなぁ。

ジーンは、気分が良くなってついつい自画自賛した。首を捻っていたニールが「まぁ、

『副隊長がいい』って言うんだから、いいのか」と単純思考で納得し、肉料理を口に放り込んでから再びペンを走らせ始める。

「了解っす！　だってその方が怒られないっすもんね～」

「『ピーチ・ピンク』の件は、俺が書くように言っていたとも必ず書いておいてくれ」

「――まぁ、そんなところだな」

素直な部下を前に、ジーンはフッと含み笑いを浮かべた。

多分ロイドは、こちらの思惑に気付いてくれるだろう。そして、ニールが書く文章や内容も影響して、それなりにこちらの動きに興味を持ってくれるに違いない。

実を言うと、ロイドにはチンピラグループの件とは別でも用があった。「俺をそんな事に使うとはいい度胸だ」と確実に怒らせる内容なので、それをお願いするまでの誘い出す前準備として、わざわざこうしてニールに報告書を書かせているのだ。

つまりこの報告書は、その件で奴を釣り上げるための下準備でもあった。

とはいえ第一の目的は、まず彼が早々に腰を上げてくれるよう動かす事である。そうでなければ、この限られた時間で全ての事を運ぶのは難しいだろう。

ジーンは、それとなく思案し続けながら料理を口に放り込んだ。

何せこちらには、直接『裏』に交渉を持ち掛けるような権限はない。現在【国王陛下の表の剣】と認められている総隊長ロイド・ファウストが、それが出来る立場にあり、恐らくアーバンド侯爵側も彼の様子を見ながら、今後について吟味しているのではないかと推測された。

隠密の立ち位置にありながら、行動はもっとも過激で予測不可能。

摑みどころのない男で、どこか早急に物事を推し進めようとするところもある気がする、現在のアーバンド侯爵家当主――【血塗れ侯爵】アノルド・アーバンド。

さすがのジーンも、あの男の考えや行動はまるで読めないでいた。アーバンド侯爵が、ルクシアの件を持ち掛けられた際、戦闘使用人であるマリアを『表』の人間に貸したのは、家族である彼女の事を考えて様子を見る事にしたのだろうとは踏んでいる。

だから、ロイドが相当な下手を打たない限り、マリアが連れ戻される心配はない――と思う。こちら側の協力を続けたいと彼女が申し出た夜も、向こうから『警告の使者』が寄越される事はなかったから。

戦闘使用人を『表』の仕事に出すなんて、現当主も初めての経験に違いない。だからアーバンド侯爵との交渉や駆け引きについては、ロイドに頑張ってもらうしかなかった。

実際のところ、アーバンド侯爵は、ジーンが知るどの人間とも思考がかけ離れている。百歩先まで見据えているのではないかと思われるあの男が、一体何を考えているのかは全くの未知数だ。

そう考えながら、ジーンはコロッケを口の中に運んだ。

「これまでになく動きが活発になってるところも、ちょっと気になるんだよなぁ……」

アーバンド侯爵家の人間は代々、国王陛下のためにのみ動く毒剣としての教育を受けている。あのアノルド・アーバンドも同じで、他人の生き死にには全く関心を持たず、昔から国王陛下であるアヴェインのためだけに生きてきた。

だが、今回の件もそうだが、積極的に戦闘使用人を動かしている様子もある。その事について、ジーンには思い当たる節があった。

【国王陛下の剣】であるアノルド・アーバンドは、実は激情的な人間なのではないだろうか、と。まるで、ようやくこのタイミングで動けるとばかりに、彼自身が個人的な感情で動いているかのような……？


人間としての心を持たない、絶対の悪と言われている一族。

先代の【拷問侯爵】に続き、あの王族一家暗殺事件で、最年少で代替わりした【血塗れ侯爵】。

……まぁ、そんな彼が個人的な感情で動くなど、きっと自分の気のせいなのだろう。

そう考え直したところで、ふと、初めてアーバンド侯爵の姿を見た時の事を思い出した。

あれは二十年以上も前、国境を越える手前の派遣先の町での事だ。

恐らくは貴族だろうが、どうしてこんなところにいるのだろうと、不思議に思ったのを覚えている。大臣となった後、アヴェインから紹介されて正体を知った時には、驚いたものだ。

あの時、自分はオブライトを捜していた。

彼は相手の身分も眼中にないまま助けて、またしてもちょっとした騒動を起こしていた。当たり前のように助けただけだと言って、ジーンを笑わせてくれた一件だった。

そこまで思い返したところで、ジーンは、「ん？」と首を捻った。

オブライトが通りすがりに助けていたアーバンド侯爵は、黒い手袋にブラックのトレンチコートという黒一色の仕事衣装だった。ジーンが歩み寄った際、既に彼はオブライトの許から離れていなくなっしまっていたが、はたして二人の間に会話はあったのだろうか？

「ジーン、どうしたの？」

「ん？　いや、なんでもないさ、親友」

思案に耽（ふけ）っていたジーンは、隣のマリアに呼ばれて我に返った。随分背丈の低くなった親友へ顔を向けた時には、直前まで考えていた事も忘れてへにゃりと笑い返していた。

こうしてもう一度一緒にメシを食えるなんて、ああ、奇跡みたいだと思う。

「？　なんかだらしない顔だぞ――おっほんッ」

首を傾げた彼女が、うっかり素の口調で言ってから、取り繕うようにわざとらしく咳払いをする。ニールもヴァンレットも聞いていないのに、しまったといった様子でチラリと確認するのが、なんだかおかしい。

薄々バレてると思うんだけどなぁ。

というか、バラしちまっても問題ないと思うんだ。だってこいつらも、お前に会いたくて会いたくて、寂しくて仕方なかったんだからよ。

十六年前から、少し前までの事を思い返してジーンはそう思った。ギシリと椅子の背にもたれ、最後にデザートのプリンを取りに行く事になっているカウンターの方を見やる。

ここのプリンを、今でもニールやヴァンレットと同じく親友も好んでいる事を知った。

それにしても奢りだからって一人で三個も注文するとか、さすがだわと感心してしまう。

ジーンは嬉しくなって、カラカラと声を上げて笑ってしまったのだった。

一

ポルペオの部下から話を聞き出したドＳ総隊長、ロイドはしばらくは愉快な気持ちでいた。あのポルペオが早々に動いてジーン達を困らせ、似合わなさ過ぎるヅラを飛ばされたあげく無様に失神してくれたという話を聞けて、大満足だった。

先輩ぶって説教してくるあの男の事は、昔から気に食わなかったのだ。剣で突き技専門という珍しい攻撃型には、まだ少年師団長だった頃、相当苦戦させられたものだ。

オブライトの唯一のライバル――。

それが、あの当時の誰もが知る、ポルペオ・ポルーを形容する言葉の一つだった。

ロイドは、とくにそれが気に食わなかった。オブライトとくればポルペオだろう、この前の試合も任務も凄かったな……そう話されているのを耳にするたびに苛々した。

しかも初めて顔を合わせた時、そのポルペオは何やら思案気にこちらを見下ろしていたかと思うと、開口一番にこう言ったのだ。

『オブライトと騒ぎを起こしたとは聞いたが、これは予想外だったな。ふむ、どうしたものか……。これではあまりにも小さ過ぎる』

師団長になって最初に会った時の彼のその言葉で、ロイドは先輩師団長である彼の事が大嫌いになった。

ポルペオは、まるで何かの面接でもしているかのように、煩わしいほど質問してきた。そしてその後、先輩風を吹かせるみたいにアレやコレやと事あるごとに説教し出したのだ。

剣の動きに荒があり過ぎる、力で圧してもどうにか出来ない相手が出て来たらどうする。柔軟さを身に付けろ、手首が固い、肉類と乳製品を多く摂れ……等々。

体格については、とくにしつこく言ってきた。わざわざ手を伸ばして確認し「うむ。まだまだ足らんな」と、とにかくいちいちロイドの癇に障る事を言った。

奴は思案する時の独白の声も無駄に大きくて、「一年経ってもほぼ変わらんとは病気か」「うむ、生活習慣か」「並ぶにはもう少し欲しいところだな。現時点では体格差による力量差に開きがあり過ぎる」とよく分からない事を口にしていた。

そんな偉そうな口ぶりが、ロイドは気に入らなかった。

最年少師団長の記録を更新されてしまったからロイドに絡むのでは、という噂もあったが、ポルペオ自身がその事を気にしている様子はなかったから、違うと思う。

第二王子バカで、迷いもなく自らが信じる騎士道をゆく男。

黒騎士部隊にも対抗心を持っているらしいそのポルペオが、あの頃と同じようにジーン達を困らせ、返り討ちにあってヅラを飛ばされたというのは、実に愉快だった。

おかげで気分が良くなったロイドは、詳細報告をすぐに寄越せと特別救護班を脅——遣いをやって依頼した後、執務室での仕事がとても捗って時間が余った。ついでにアーバンド侯爵への『交渉案件』についても仕上げられて、スケジュール的にも満足だった。

「おや、ニールからの『報告書』ですね」

「…………」

ところが、予定のなかった報告書が扉の隙間からするりと放り込まれた。それをモルッから手渡されて開いた直後、機嫌は急降下し、愉快さは絶対零度の殺気に変わった。

しばしロイドは、不機嫌さを思い切り滲ませて、表情筋をピクリとも動かさずに黙っていた。たった二人しかいない広い執務室に、彼から発せられた冷気が満ちる。

その報告書には、少女が書いたような拙い字がびっしりと並んでいた。それは数枚にも及び、最後の一枚にも次のような文章が好き放題に書かれてあった。


――――……――……――……――……――


お嬢ちゃんは凶暴だし、飴玉を噛むし、容赦なくぶん殴ってくる。

後、すげぇ食う。ジーンさんと並んで食べると半端ない。どこに食べ物が消えているのか、めっちゃ気になるところ。本人は胃だって主張してるけど、異次元に繋がるような何か別の器官が備わっているんだと思う！

活動の開始早々、ヴァンレットを呼び捨てにしてタメ口になってた。

そういえば、お嬢ちゃんはジーンさんともすげぇ仲がいい。

というかジーンさんは、お嬢ちゃんに対してポジティブ過ぎると思う。後ろから絞め技掛けられてたけど笑ってたし、巻き込まれたヴァンレットも楽しそうにしてた。

その時に俺だけ頭突きって、ひどくない？

まぁその後、俺もしっかり絞め技掛けられたけどね！

ピンポイントで首が絞まって、マジで昇天するかと思った。お嬢ちゃんってさ、女の子なのに超容赦ないんだもん。帰りの馬車を探してる時、背中に当たってた肉付きが薄かったって口にしたら、ガチガチに縛り上げられた。

その台詞がなくてもそうされてたと思う、ってジーンさんは言ってたけど、よく分かんない。うん、なんか痛い記憶があったような気もするんだけど、今は思い出せません！

あ、縛られたのはこれが二回目ね！　ほら、さっき書いたやつが一回目。

そうそう、そのさっきも書いたやつなんだけど、ほんと、チンピラの『ピーチ・ピンク』もひでぇ目に遭ったんだぜ。お嬢ちゃんに地面に沈められて、揃って説教されたうえ、最後は手刀落とされるとかひどくない？

しかも威力が半端ないの！　ガツンっていってたからね！

あれ、なぁんか同じ事繰り返し書いている気がするけど、まっ気のせいかな。うん、俺は気にしないから、読んでる人も気にしないように！

それから、やっぱりお嬢ちゃんは凶暴だよ。俺ら三人、『ピーチ・ピンク』と一緒くたに殴り飛ばされたからね！　拳骨がマジ痛くてこの歳で涙が出た……そういえば俺、ジーンさんから『ピーチ・ピンク』の事を書けって言われたんだって事、書いたっけ？

文章って読み直すのめんどいので、もう一度書くけど、長文になったのはジーンさんに言われたからだから、怒らないでね！

四人での活動ですが、やっぱりお嬢ちゃんは凶暴だなぁと分かった初日でした。

………………………………………………………………………おしまい！　ニールより

その報告書モドキを最後まで読んだところで、ロイドは思わずグシャッと握り潰していた。

横から覗き込んでいたモルツが、「羨ましい」と呟く声についてはしっかり聞き流した。恐らくこのドMは、文章中にあった「説教」「殴られ」「縛られた」という単語だけを拾い上げているのだろう。伝わってくるワクワクした気配には、苛々させられる。

「…………………おい。ニールにだけは、絶対に書かせるなと言っただろう」

地を這う声が、書斎机の上に落ちる。

それを聞いて、モルツは揃えた指で眼鏡の位置を整えながら背を起こした。昔からひどい文章を書く、自分と同年齢の赤毛童顔男を思い浮かべながら「そうですね」と相槌を打つ。

「彼は話が右へ左へと飛びますから」

「しかも最後のはなんだ、感想文か？」

言いながら、ロイドは握り潰した紙を忌々しげに見下ろした。

三つ年上とは思えないあの赤毛男は、報告書を『友人や後輩への手紙』だと思っている節がある。お喋りと同様に思い付いたまま文章を書く、超ド級のバカだった。

ロイドはヴァンレットの後輩なんだから、自分にとっても後輩。

後から入隊したんだから、やっぱり後輩。

こちらに対するニールの認識は、実に単純で今も変わっていない。それはヴァンレットに通じるものがあるが、あの方向音痴馬鹿の場合は、思考構造が迷宮入りしているので比べる次元が違うだろう。

とにかく、話をまとめる事を知らない奴なので、ニールの報告には無駄で余計な情報が多過ぎるのだ。まるで感想文のように、自分にとって一番印象に残った事や楽しかった事を、大切な友人や後輩へ分け与えようとするかのようにダラダラと言葉を連ねる。

今回、あの四人が勝手に現場を見に行った事については、情報という収穫もあり悪くはない。しかし、報告書をニールが書いた件よりも、ロイドにとっては別の気になる問題があった。

握り潰した紙をチラリと開いて、その内容を目に留めて眉間にビキリと皺を刻んだ。

なんで一日で仲良くなってんだよ、呼び捨てにタメ口ってなんだッ。

何故か叫び出したくなったロイドは、モルツの手前なので、ぐっと堪えて額を押さえた。

つい最近、ヴァンレットがマリアに手を引かれていた光景を思い返す。

一体それがどこでどうなって、彼女に呼び捨てとタメ口を利かれるくらいまで一気に距離が縮まったのか分からない。そもそもこっちはずっと『総隊長様』と呼ばれているのに、奴らはいつの間に彼女と互いに名前で呼び合う仲になっているのか？

　思い返してみれば、マリアは総隊長補佐であるモルツを『モルツさん』と呼んでいた。騎馬総帥のレイモンドの事だって、堅苦しい感じでは呼んでおらず『レイモンドさん』であるし、師団長であるグイードに対しても『さん付け』だった気がする。

　そう考えると、なんだか無性にむかむかした。

　ニールは思った事をそのまま言葉にする奴なので、ここに書かれてあるのは全て奴の目の前で起こった事実だ。彼らはマリアに絞め技まで掛けられたらしいが、ロイドの脳裏では、彼女の胸の柔らかさまで分かる密着具合で、楽しくじゃれ合う姿が想像されていた。

　マリアに対して、自分が人生で二度目となる一目惚れ（ひとめぼれ）をしたかもしれない――という件については、初めて押し倒してしまった日から苦悩中である。

　彼女がオブライトと同じ文体で、まるで同一人物が書いたみたいな報告書を仕上げた事も謎だ。しかし、今はそんな事に構っていられないくらいロイドは動揺していた。

　くそッ、『ジーンと超仲が良い』とか、気になるだろうが！

　この報告書を読む限り、彼らは和気藹々（わきあいあい）と上手く楽しくやっている印象を受けた。今はやるべき事が立て込んでいるというのに、彼ら臨時班の現場に飛び込んでしまいたいという衝動に襲われるくらいに、マリア達の動向が気になって仕方がない。

　ロイドは組んだ手に口許を押し当てて、ギリギリと奥歯を噛み締めながら思案する。

今にも人を殺しそうな目を正面扉に向けている様子を、しばしモルッツは黙って見ていた。その殺気をたっぷり堪能した後、先程から異変を訴えている上司の足元へと目を向けた。

「総隊長、足元がガタガタ言っておりますが」

「気のせいだ。――次に指摘したら殺す」

「足が止まったら、今度は肘を当てている執務机にヒビが」

「指を向けるな殺すぞ。そろそろ寿命だったんだろう」

ロイドは「ちッ」と舌打ちした。もっと頑丈な物を作れる職人はいないのかと八つ当たりのように思いながら、報告書の皺を簡単に伸ばして執務机の上に広げる。

そこには急ぎの用件とは別に、長い付き合いのある者であれば分かるメッセージも込められていた。本来であれば口頭報告するだけで済む内容を、わざわざ報告書としてニールに書かせたジーンは、どうやらこの『ピーチ・ピンク』を助っ人としてスカウトしたいらしい。

奴は情報網や、いざという時の『手駒』になる人間を各地に協力者として置いている。この若造たちも、外部協力部隊班として味方に引き込みたいと思っているのだろう。そして、お前の非公式の部下としてもどうかと、珍しくロイドにも提案しているのだ。

書かれてある内容を見る限り、確かに面白そうな連中ではある。マリアに殴られてもすぐに意識が戻っているようであるし、それなりに頑丈でもあるのだろう。

マリアの攻撃力の高さは、ロイドもソファで頭突きをされた一件で身に染みていた。身体が小さかった少年師団長時代ならいざ知らず、この体格になってから目がチカチカするという経験は初めてで、あの威力は忘れられそうにもない。

「…………」

いや、強烈な頭突きだったからというより、押し倒した際の柔らかさがしつこく思い出されて忘れられないでいるというか……あの時自分は、本気で抱こうとしていた気がする。

ここが仕事部屋だという事を忘れてしまうくらい、理性が飛んでいたのだ。

今更のようにそう自覚したロイドは、僅かの間ピクリともせず沈黙してしまった。

そもそも俺は、一体何が出来ないからこんなに苛々しているのか？

こうして、自分らしくない落ち着きのなさを覚えるのは、正直困惑でしかない。マリアが頭に浮かぶたび、よく分からないくらい、いちいち心が乱されて苛立っている。

モルツの視線を横顔に感じていたロイドは、ひとまず思考を無理やり仕事へと戻すように、報告書の文面にある『ピーチ・ピンク』というキーワードに目を留めた。

警備隊が衰退した今、外で動いてくれる味方というのは貴重だった。

味方は多いに越した事はないし、裏をかく事が出来ないバカなタイプであるのなら尚更いいだろう。そういった人間は、『仲間』や『友』を裏切る事はないから。

王宮では嫌われていた黒騎士部隊だったが、彼らは各地に情報提供者や協力者を持っていた。一人一人が各地のグループや個人とパイプを持ち、急な騒ぎがあったとしても臨機応変かつ迅速に対応出来る連中だった。

そんな黒騎士部隊は解散した。ジーンとニール、ヴァンレット以外の部隊員は皆、「もう二度とここに来る事はないでしょう」と言って、同じ日に退役届を出して去って行った。

――副隊長たちとも話して、そうする事に決めました。

――俺らは、他の軍旗を背負うつもりはありません。

――俺たちは辞めても『黒騎士部隊』です。守るものは何も変わっちゃいないんです。

彼らの決意は固かった。それでも、アヴェインが王宮にひっそりと建てた、『自分たちの隊長』の小さな墓へ最後の花を供えた際には、ひどい顔をして泣いていた。

――隊長、どうして一人だけ死んじゃったんですか……。

――戦争の時代が終わった空を、……俺らはあなたと一緒に見たかったんですよ。

もう一度、あなたの後ろで一緒に戦わせてください、と普段元気な男たちが泣き崩れる姿が目に焼き付いた。あなたが俺たちの目標だったんだ、と誰かが言う声も聞いた。

彼らは国王陛下から直々に、軍旗の一つを持ち帰る事を特別に許可された。集(つど)った軍人たちとロイドが見送る中、元黒騎士部隊の男たちは、それを大事そうに抱えて、ここから一番遠い国境沿いの地を目指し、一度も振り返る事なく城門から出て行った。

「………つまらない事を思い出したな」

当時の事が脳裏に蘇って、思わず口の中でぽつりと呟いた。

あれから十六年、ロイドは彼らの今については知らないでいる。今でも外に『味方』を作っているジーンと、「先輩たちに元気でやってるって伝えてくるぜ！」とたまに長期外出するニールは、色々と把握しているのかもしれないが。

どちらにせよ、このチンピラ集団が『黒』であるのなら使えないのも確かだ。

銀色騎士団(ロイド)総隊長が個人的に指命し、手元に置いて使える人員は『国王陛下アヴェインの絶対の味方となってくれる人間』に限られていた。それは国王のそばに少しの不安要素も置かないようにと、初めて接触した際にアーバンド侯爵から『お願い』されていた事だ。

わざわざ言われるまでもなく、ロイドとしても総隊長という立場を弁えたうえで、引き入れる人間については慎重に厳選する事にしていた。

今回の『ピーチ・ピンク』については、現時点ではその人間性も分からない。ハーパーの件が執り行われる前に、どう対応すべきか判断するための情報を集める必要があった。

時間が惜しいので、ここは『裏』の方に急ぎ調べさせるのが手っ取り早いか。

そう思案しながら、ロイドは皺だらけの報告書を指先で叩いた。あのジーンが早急に報告書を寄越したという事は、『ピーチ・ピンク』の他にも、『灰猫団』と『ストロベリー・ダイナマイト』の詳細情報に加え、建物内の正確な見取り図も欲しいという事だろう。

大臣の仕事と同時にというのも難しいだろうし、そちらについても調査の手配を振ってやってもいい。時間的猶予は後数日。やらなければならない事は山積みで、この短期間でそれが遂行出来るかは全てこちらの指揮に掛かっている。

だが、各所へ指示を出す前に、やる事がある。

ロイドは、報告書を叩いていた指をピタリと止めた。今後の動きや手配先について、早々に思考し終えた目を持ち上げると、待機する部下を見もせずに呼んだ。

「モルツ」

「は。なんでしょうか」

「まず一つ目の仕事だ。十分間、ニールにぴったり付いて追いかけ回してこい」

「追いかけ回すだけでよろしいので？」

「出来るだけ距離をあけなければ、それでいい」

モルツを天敵だと公言しているニールには、それが一番効く。奴は昔からモルツを大の苦手としており、ぴったり付いて離れないだけで最大の嫌がらせになる。

経費も掛からず人材も時間も最小限で済むのだ、これを上手く使わない手はない。

自分はその間に、アーバンド侯爵側の人間に交渉案件をまとめた手紙を預け、暗殺部隊の情報収集班に調査を依頼する事も出来るだろう。その一方でニールは、『報告書モドキ』の仕返しとして嫌がらせを受けている——実にいい時間の使い方だ。

そう勘案したロイドは、愉快そうに形のいい唇をくいっと引き上げた。

「ニールがどういう反応をしたのか、後で詳しく報告しろ」

「総隊長、素晴らしくゲスい顔です」

モルツは、美貌が際立つ無表情でそう言うと、揃えた指で細い銀縁眼鏡のつるを押し上げた。普段の行動パターンから、本日は他に何も予定が入っていないニールが辿るだろうルートを推測する。

報告書がとんでもない代物であるという自覚もなく、そのため全く警戒していないニールは、恐らくメイドが多い廊下を選んでのんびりと歩いているはずだ。報告書を滑り込ませてからそんなに時間も経っていないので、まだ距離は離れていないだろう。

「——それでは、行って参ります」

モルツは、礼儀正しく退出の言葉を述べると執務室を出て行った。そんな彼に目を向ける事もなく、ロイドは早速手配に取り掛かった。

数分後、総隊長の執務室に届くほどの大絶叫で「変態が出たぁぁあああああ！」という情けない悲鳴が遠くで上がった。

二

デザートのプリンまで食べた後、公共食堂を出たところでマリアは、軍服の上着をジーンに預けた。

「ヴァンレットは、俺が宰相室に放り込んでくるから安心しろ」

受け取った上着を丸めて片腕に抱えると、ジーンがいい笑顔でそう言った。するとニールが「じゃあ俺は、サクッと報告書を投げ入れてくるぜ！」と言い残して走り出し、そのまま解散の流れとなった。

彼らと別れて一人、第四王子の私室を目指して公共区の廊下を進んだ。なんとも長い一日だったなという疲労感を覚えたマリアは、朝からの事を思い返しながら目頭を揉み解した。

今朝、ロイド達に「手伝わせて欲しい」と決意を明かし、ジーンの提案で臨時班が組まれて現場の下見に行った。その道中では問題児組に苦労させられ、続いて屋敷の用心棒と接触して喧嘩するハメになり、ここへ戻って来たらトドメにポルペオが出てきた。

「ほんと、長い一日だったな……」

行き交う軍人と王宮勤めの大人たちの間をぬうように、ゆっくりと歩きながら右腕を回した。思わず溜息がこぼれて、癒しが欲しいなぁと呟いた。

もうすぐ、リリーナとクリストファーという二人の天使に会えるのだ。

しっかり癒されようと考えたら、不思議と足取りも軽くなる気がした。オブライトだった頃のような逞しい身体であったなら、片腕で二人共抱き上げられるのになと思う。

マリアは前世で過ごした二十七年と、今世で生きてきた十六年を思って、自分の華奢な両掌を見下ろした。身体は違うというのに、まだ小さかった第一王子と第二王子を抱き上げた感触や温もりを、この手でも鮮明に思い出せるのが不思議だった。

こうしてあの頃と同じように王宮にいると、今は『マリア』なのだとか、もう『オブライト』ではないのだとか、そういう境界線が時々曖昧になってしまう。

「――…………もう、自由奔放なニールを脇に抱える事も出来ないんだったな」

先程、元気よく走って行ったニールの姿が思い出された。隊長として面倒を見ていた当時、騒ぎを起こすんじゃない阿呆、と言いながら自分は彼を抱えて走ったものだ。

『ひえぇぇぇ、隊長あのツンツン男めっちゃ怒ってます！　もっと速く走ってえぇぇ！』

『お前なんでよりによってミゲル師団長を怒らせてんだよ⁉』

『また性懲りもなくお前かオブライト！　そいつ共々成敗してくれるわッ！』

『俺は悪人じゃないし成敗されたら困るんだが……、ミゲル師団長すまんが、また今度！』

『また今度もあってたまるかあああああああ！』

その時、どこからか自分の名前を呼ぶ声が聞こえてきて、マリアは「ん？」と回想を止めた。振り返ると、見知った青年が走って来る姿が目に留まった。

それは、ルクシアの件で一緒に活動している二十歳の文官、アーシュ・ファイマーだった。女性恐怖症のうえ、剣の腕はあるにもかかわらず血がダメという青年である。

懐かない犬みたいな顰め面をした目鼻立ちの整った顔。文官仕事に従事しているとは思えない威嚇するような目付きに、短くさっぱりとしたブラウンの髪。軍人としてほどよく鍛えられた身体付きをしている彼は、細い腰元に剣を携えている。

こちらに走って来るアーシュは、何故か軍服の上に大きめの白衣を羽織っていた。サイズが合っていないせいで、成人男性としてはやや背丈が足りない彼の手の半分は袖に隠れてしまっている。

最近見慣れた誰かを彷彿とさせるような……そう記憶を辿ったところで、「あ、なるほど」と掌に拳を落とした。あのルクシアに似ているのだ。

「似合ってるじゃないの、助手さん」

マリアは走り寄って来たアーシュに向かって、にっこりと少女らしい笑みを浮かべてそう言った。

身体の厚みがないせいか、知的な印象が増して白衣が違和感なく似合っている。眼鏡を掛けたら、案外目付きの悪さがカバーされて若い学者にしか見えないかもしれない。

するとアーシュが、眉を顰めて「開口一番にそれかよ」と唇を尖らせた。

「別に助手ってわけじゃあないぜ」

「ふうん、でも白衣着てるじゃないの。似合ってるわよ」

指を向けてにこやかに指摘したら、彼がちょっとだけ目を落として「似合ってるのか」

「そうか」とごにょごにょ言った。照れ隠しみたいに顰め面をして、こう続ける。

「研究棟の奴らに『毎日出入りしているし、良かったらどうぞ』って渡されたんだよ。……

軍服に比べると全然軽いから、脱ぐのを忘れて本を返しに出てきちまったんだ」

気に入って着ているわけではない、と言い訳するような小さな声だった。

でも、一見して照れ隠しであると分かってしまうくらい、彼の瞳には誇らしさがあって、
マリアは思わず苦笑した。ルクシアとお揃いである事に嬉しさを覚えている様子が、黒騎
士部隊の軍服を与えられたばかりだった頃のニールやヴァンレットと重なった。

『お揃いのジャケットっていいじゃん』

今朝、そう口にしていたジーンの言葉が耳元に蘇った。

確かにそうだな、とマリアは心の中で答えた。初めて軍服に身を包んだ日の事は忘れて
いない。堅苦しいと言いながらも、本当はくすぐったいような気持ちがしていて、オブラ
イトにとって特別でとても新鮮で――。

「お前、これから第四王子のところか？」

不意にそう尋ねられた。回想を止めて見つめ返してみると、とりあえず歩こうぜとアーシュが眼差しで促してくる。

どうやら途中まで送ってくれるらしい。きちんと女の子扱いをしてくれるところもあるんだよなぁ、と思いながらマリアは彼と並んで歩き出した。

「うん、早めに戻ろうかと思って。アーシュはまたルクシア様のところに戻るの？」

「おぅ、まだ時間があるからな、もうちょっと論文の資料もまとめておきたいっつうか」

そう言ったアーシュが、ふと思い出した様子で「おいコラ、そういえば聞いたぜ」と不機嫌な声を出した。

「知らされた時はマジでびっくりしたんだからな。内密の件らしいけど――そもそも昨日の今日で、なんでお前が『制圧任務班』に抜擢（ばってき）されてんだよ？」

ジロリと横目で睨まれて、ジーン達と活動する事になった一件の事だなと察した。考えてみたら今朝からバタバタしていて、今日は薬学研究棟の方へは寄れていなかった。

「あの、急でごめんね。私も突然過ぎて、その、そっちに顔出しに行く暇もなかったというか……」

自分で協力続行を希望した結果こうなった――とは、どうも言いづらい。

マリアはなんと答えていいか分からず、言いながらだんだん困ってきて視線を泳がせた。そうなるまでの経緯について上手く嘘を付ける自信もなくて、突っ込んで訊かれたらどうしようと思ってしまう。

視線を返せないでいると、先に折れるみたいにアーシュが吐息をこぼした。

「まぁなんつうか、総隊長様が相手だと、突然色々決まっちまうというのも分からなくはないんだ。俺の時も、呼び出されたと思ったら、その場でレイモンド総帥様を紹介されて即行動開始だったからな」

アーシュはそう言うと、頭をガリガリとかいて、「別に、今回の唐突な件、俺らは怒っているわけじゃねぇよ」と罰が悪そうに続けた。

「詳細は分からねぇけど、今回もまた大切な役割があって、総隊長様の指示でメンバーの一人に組み込まれたって口だろ？　まぁ、ベテランの軍人と動くって聞いた時は、驚いたけどさ」

話は宰相ベルアーノから聞かされたという。珍しくルクシアが、『完全にこちらから外されるのか』『今日は顔も見せに来られないのか』と強い口調で追及していたのだとか。

あのルクシアが？　とマリアは少し意外に思ってしまう。

そうしたら、ハタと思い出したようにアーシュが「おい」と呼んできた。

「宰相様が、その班ってのは臨時のもので、第二の助っ人活動みたいなもんだから、向こうの動きがない間はこっちで待機する事になるって言ってたぞ。つまりお前は、引き続き俺らと一緒なんだよな？」

「うん。指示がない限りは、今まで通りルクシア様のところで手伝うわよ。今回の臨時班も、数日内限りのものだし」

部下たちともう一度、一緒になって戦える最初で最後のお手伝い。

そう思うとしんみりしてしまいそうになって、マリアは安心させるように笑ってみせた。

しかし、アーシュがこちらを疑い深く覗き込んで、「本当か？」と近い距離から訊いてくる。

「じゃあ、明日はこっちに来られるんだな？」

「そうね、明日の活動予定は聞かされていないから、登城したらすぐにそっちに行くと思うわ」

「本当に本当だな？　そのまま軍人メンバーのところに行くわけじゃないんだな？」

「えっと、うん、急ぎの召集指示とかは受けてないし……」

というか、こいつ一体どうしたんだ？　妙なもんでも食ったのか？

再三確認するように訊いてくるなんて、彼にしては珍しい気がする。マリアは、アーシュが「宰相様の話は本当みたいだな」とほっとした様子で呟くのを見て困惑した。

「あのな、アーシュ……？　――ああ、じゃなくてッ、えぇとあのねアーシュ？　明日の事が気になっているみたいだけど、何か急ぎの用でもあったりするの？」

部隊員にしていたような口調で呼び掛けてしまい、慌てて少女らしい言葉遣いで言い直した。

また注意されるかもと身構えたが、彼には冒頭の言葉は聞こえていなかったらしい。しばし思い返すような間を置いてから、アーシュが察しろよなという目を戻してきた。

一体何を分かれというのだと見つめ返すと、渋々といった様子で彼が言う。

「……………顔見せないと、ルクシア様も心配するだろうが」

「は……？　顔を見せる？」

なんで顔を出さないと、心配するんだ？

よく分からなくて、思わず彼の言葉を反芻して小首を傾げた。『お手伝いの助っ人』としてはあまり役に立っていないという自覚はあるし、ルクシアはマリアが戦える事も分かっているようだったから、心配したりはしないはずだと思うのだ。

すると、アーシュが心底呆れたと言わんばかりに半眼になった。

「お前さ、その男らしい小ざっぱりした考え方、少しどうかと思うぜ」

「あれ？　私何か口にしたっけ？」

「今の顔見りゃ、どういう事を考えているのかくらい分かる」

ここ最近ずっと一緒だったんだ、ナメんなよ、と言って彼が喧嘩を売るみたいな表情をした。怒る感じで言う台詞じゃないような……とマリアはますます疑問に思った。

「まさかお前も剣を持つのか？」

「へ？　あ、うん、まぁ一応そうなる、かも……？」

唐突に問われて、少し遅れてそう答えた。

「お遊びの習い事みたいなレベルの話じゃないんだぞ、そもそも剣を扱えんのかよ？」

「えぇと、大丈夫よ。護身術になる程度には剣も扱えるから」

元々、自分は護衛を兼ねた助っ人である。ルクシアのところで何かしら荒事が起こったら、血が駄目なアーシュに代わって腰にある剣を使うつもりでいた。

とはいえ本当の事は言えなくて、マリアは乾いた笑みで回答を誤魔化した。いまいち信じられない様子のアーシュが、「ふうん？」と訝しげに眉を寄せて首を捻る。

「身に付けているのは体術だけじゃないのか……。だとしても、やっぱり外見十四歳くらいのチビだし、腕も細いし、剣を振り回す姿なんて想像出来ないんだよなぁ」

だって結構重いだろ、と真っすぐな目で続けて言ってきた。

マリアは反応に困ってしまった。うん、コレ確実に女の子扱いされているな、と普段は「脳筋」とか「馬鹿力」とか「道端で育ったのか？」とか言ってくるアーシュを見つめ返して、こういう場合はどう答えたらいいんだろうと悩んでしまう。

「よく分からんけど、筋力馬鹿だから剣も持てるって事なのか？」

「ちょっと待って――筋力馬鹿ってひどくない？」

女の子扱いしてくるかと思ったら、その言い方はなんだ。思わずそう指摘したものの、彼は「特別に小振りの剣でも支給されてるのか？」と推測を口にしていた。

その時、遠くから轟（とどろ）くような悲鳴が聞こえてきた。内容までは聞き取れなかったが、本気で助けを求めている情けない男の声――のような気がする。

廊下に居合わせたメイドや男たちが、足を止めて小さくざわめく。同じく立ち止まってしまったマリアは、あたりの様子を窺（うかが）いつつアーシュと共に悲鳴が聞こえた方へ目を向けた。

「あれって確実に悲鳴だったよな？　一体なんの騒ぎなんだろうな……」

「さぁ、何かしら………というか今の、聞き慣れた悲鳴のような気が」

脳裏には、空気を全く読まない赤毛のお調子者の姿が過ぎっていた。しかし、頭に浮かんだその人物を全力否定したくなって、マリアは途中で言葉を切る。

何せ公共食堂で別れてから、そんなに時間が経っていないのだ。ようやく解散した直後というこのタイミングで、またしても騒ぎを勃発させているなんて考えたくない。

だが、悲鳴の発生源が移動している様子からは、十六年前の日々が思い出されて猛烈に嫌な予感がした。徐々に近づいて来ていると気付いた人々が、悲鳴が聞こえて来る方向を見つめたまま、警戒するようにそろりそろりと端へ寄り始める。

アーシュが、やや緊張したように唾を呑み込んだ。女性恐怖症ではあるものの、最近はマリアが相手だと症状が出ないらしいと気付いていた彼は、廊下の向こうを注視したまま隣にいる彼女の肩を浅くつついた。

「…………ひとまず行こうぜ。このあたりは軍人が暴れる事もよくあるし」

「…………よくある事、なんだ」

その認知はどうなんだろうな、とマリアは思った。王宮内の秩序や治安は一体どうなっているんだよ、と他人事（ひとごと）とは思えなくて頭が痛くなった。

その直後、言葉もハッキリと聞き取れるくらいの近くで、再び大絶叫が轟いた。

「変態が出たぁぁあああああああああああああ！」

廊下中に響き渡った悲鳴を耳にして、そこに居合わせた全員がガバリとそちらに目を向けた。

一斉に向けられた視線の先で、曲がり角から一人の男が勢いよく飛び出して来た。傾いた太陽の日差しに照らされた、宝石のように輝く『赤』の髪が躍る。

パッとその顔が持ち上がると、情けなく泣きじゃくる元部下の見慣れた表情が見えた。

廊下に滑り込んできたのはニールで、何故か彼は横を向いてマリアとピタリと目を合わせていた。

え、何これ、と思考停止していると彼が両足で急ブレーキを掛けた。そのまま九十度方向転換したかと思うと、一目散にこちらに向かって必死の疾走を再開する。

「変態が出たぁぁあああああああいぃいいやぁぁあああ！」

向こうからニールが、現在置かれている悪夢のような状況を訴えるように再び悲鳴を轟かせた。その悲鳴がダイレクトに響き渡った瞬間、硬直状態の解けた通行人たちが慌てて廊下の端へと避難する。

　一直線にこちらに向かって来る赤毛男を見たアーシュが、ギョッとして身構える。その隣でマリアは、思わず「嘘だろあいつッ」と素の口調でこぼしていた。

　昔からそうなのだが、ニールは逃げる際、いつもオブライトのいる場所に現れた。十六年前と全く同じように、彼は真っすぐこちらを目指して「お嬢ちゃん助けてぇぇえええ」と、わざわざご丁寧に指名までして一直線に向かって来る。

「阿呆ッ、なんでこっちに向かって来るんだ！」

　そう怒鳴り返したマリアは、彼のすぐ後ろにドMの変態野郎、モルツ・モントレーがいる事に気付いて「うげッ」と色気のない声を上げた。そのままモルツと真っすぐ目が合って、彼の艶やかな碧眼がギラリと光ったのが見えて、悪寒が背筋を駆け抜けた。

「ちょ、ニールッ。お前こっちに来んな！」

　慌てて拒否の言葉を口にした。ニールは自分の悲鳴で聞こえていないのか、「うっぎゃあああああ変態がすぐそばにぃいいいやぁあああ！」と泣きながら叫ぶばかりだ。

　立派な成人男性が二人、激しい温度差のまま恐ろしい速度で向かって来る光景には、戦慄しか覚えない。相手が止まらないと察したマリアは、アーシュとほぼ同時に踵を返していた。

「この状況は一体なんだよッ」

走り出してすぐに、アーシュが後方へと目を走らせてそう言った。

「つか、ずっとお前を呼んでるっぽいあの赤髪は何者なんだよ!?」

「〜〜〜〜ッ、今日から一緒に行動してる人！」

「はぁ!? よく分かんねぇけどアレだろッ、絶対あいつも軍人だろ！」

その叫びからは、騒ぎを起こすのはいつも軍人だという考えが窺えた。元黒騎士部隊の隊長であった身としては複雑な心境になったものの、最近の一連の出来事と現在進行形で後ろから迫って来る騒ぎに、マリアは否定する事も出来なくて頭を抱えてしまった。

畜生、なんでこうなるんだ！

込み上げる気持ちのまま、後方から迫って来るニールを睨み付けた。そうしたら、彼にぴったりと付いて追うモルッツの目に、ギラリと欲望の光が灯ったのが見えた。

マリアは、身に染みた条件反射で顔が引き攣るのを感じた。モルッツの目は、ニールから外れてこちらをロックオンしている。しかし、移動速度であれば誰にも負けないはずなのに、どうしてかモルッツは、ニールの後方にぴったりとくっついたままだ。

理由はさっぱり分からないが、ニールを追い抜いてマリアに迫って来る様子はない。どうやら彼にぴったり付いている状態で、こちらを目指しているようだった。

とはいえ、そのニールも逃げ足だけは一流である。

次第に距離が縮まっているのを確認したマリアは、ゾッとした。思い返せば、オブライトであった頃も、あの二人にはいつも追い付かれていたのだ。ましてや今の少女の身では、彼らを引き離せるはずなどないだろう。

少女らしからぬ悪態の数々を堪えるマリアの隣で、ふとアーシュがニールの後方にいる人物に気付いた。涼しい表情をした美貌の騎士を目に留めた途端、彼はギョッとして叫ぶ。

「ひぃ⁉　よく見ればあれって総隊長補佐様じゃねぇか！」

するとモルツが、「ほぉ」と感心したような声を上げた。

「よく私の顔を覚えていましたね、文官のアーシュ・ファイマー。顔を合わせたのは一度きりのはずですが、お前の隣を走るソレとは大違いの記憶力です」

「ソレ扱いってひどくないか⁉」

「おいマリアッ、お前、総隊長補佐様とも知り合いなのかよ⁉」

言葉使いを注意するのも忘れて、アーシュが勢いよく目を向けてきた。

その辺に関しては、答えたくない気持ちが強い。マリアは咄嗟に顔を伏せて「くッ」と目頭を押さえる。すると、ここぞとばかりにモルツが「なるほど」と言ってきた。

「私たちがどういう関係なのか気になるのであれば、教えてさしあげましょう。私とソレは友人で、ソレは普段から私を踏み付け、容赦なく殴って罵倒し、私を悦ばせ——」

「全部言わせてたまるかッ、誤解されるような事を言うなよ阿呆！」

畜生頼むからお前は口を閉じてろッ、とマリアは目でも訴えた。

隣のアーシュから「え、嘘だろ……？」と、ドン引く目を向けられるのを感じた。それが予想以上に心臓に痛くて涙が出そうだ。

「違うからな⁉」

ガバッと彼の方を見て、必死になって誤解だと伝えた。するとアーシュが、「あ、そうなのか」と拍子抜けしたような声を出した。

「なんだ、そういう危ない関係とかじゃないんだな。そりゃそうだよな、普段からSっぽいところはあるけど、さすがにお前の見てくれでそういうプレイをしているとか想像付かな――……じゃなくて落ち着け、お前口調が完全に男になってるぞ⁉」

自分に言い聞かせるように言っていたアーシュが、ハッと我に返って言う。

「女が『違うからな』なんて言うなよッ。というか、大臣様の次は総隊長補佐様とか、お前マジでなんなわけ⁉」

「うっ、いやそれは――」

「お嬢ちゃん助けてぇぇええええ変態嫌ぁぁあああああ！」

「さぁ、いつもの拳をください。全て取りこぼしなく受け止めてみせます」

アーシュの後ろから、ニールとモルツが同時に主張してくる。言葉を遮られたマリアは、まずは十六歳の少女である自分に助けを求めるニールを素早く睨み付けた。

「阿呆か！　というか、ついでとばかりに狙うのをやめろ！」

続いてモルツをニールの肩越しに見やり、礼儀もぶっ飛ばした素の口調で怒鳴る。ギロリと睨み付けてやったら、彼が勝手にぞくぞくした様子で期待の眼差しを向けてきた。

くそッ迷惑過ぎる！　とくにこのドMの変態野郎が忌々しい！

マリアの堪忍袋の緒は、重なる疲労と収拾の付かない事態を前にしてプツリと切れた。たまらず「畜生ッ」と吐き捨てると、急ブレーキを掛けて立ち止まる。

大きく翻ったスカートから覗く右足で、きゅっと床を踏み締めた。ギョッとするアーシュが制止するのも聞かず、力を込めて急発進すると迷惑な部下と後輩に向かった。

「一日に何度も騒ぎを起こすな！」

言いながら跳躍し、まずはこちらに向かって来るニールの顔面に膝頭を突き入れた。「ふげっ⁉」と苦痛の声を上げる赤毛頭に、トドメとばかりに踵落としを決めて床へ沈めると、そのまま次の攻撃体勢に入ってモルツへと狙いを定めた。

目が合った途端、モルツが真面目な表情で一つ頷いて、サッと両手を広げてきた。普段は気力を感じさせない目が、ここぞとばかりにキラリと輝いて『待ってました』と伝えてくる。

それを見た瞬間、マリアのこめかみにピキリと大きな青筋が立った。

「阿呆！　堂々と構えた場所に打ち込む奴がいるかぁぁあああ！」

しかも今の頷きはなんだ、全然ちっとも以心伝心してねぇよ！

腹の底からの怒声を上げ、モルツの背に回り込んで胴に両腕を回した。ガッチリ摑まえると全身の筋力を最大限に発揮し、そのまま持ち上げるとブリッジするように背後の廊下へと彼の後頭部を叩き付けた。

床が割れるのではないかと思うほどの衝撃音が響き渡った。

デカいリボンを付けた外見十四歳のメイド少女が、体格のいい大人の男相手に軍人並みの体術技を決めるという衝撃的な光景に、居合わせたメイドや男たちは唖然としている。

それを近くで見ていたアーシュの顔からも、あっという間に血の気が引いていた。

「…………マリア、それはさすがに拙いって……相手は総隊長補佐様だぞ」

しかも際どい体術姿勢のせいで、膝丈のスカートからは白い太腿が見えてしまっていた。意外と少女らしい線を描いた細いその足は、ほどよく鍛えられて引き締まっている。


その時、床に沈んでいたニールがガバッと顔を上げた。

「ハッ――俺もしかして一瞬マジで気絶してた⁉」

攻撃の威力を半分殺していた彼の口調は、ハッキリとしていた。その声を聞いて目を向けたアーシュは、『謎の赤髪男』の顔面に激し過ぎる流血を見て言葉を失う。

実は膝蹴りを食らった瞬間、ニールは『もしかしたらびっくりさせられるかも！』と、コンマ二秒で顔に血糊（ちのり）を塗っていたのだ。しかし、まさか後頭部に踵落としまで入れられるとは予想外だった。

「あ～あ、コレ見せるタイミングがない怒濤の攻撃とか、お嬢ちゃんさすが過ぎるんだけど」

ちょっと悔しそうに唇を尖らせたニールは、直後にきょとんとした表情になって「そういえば、肝心の彼女はどこに？」と首を動かしてあたりを見やった。

当のマリアが、トドメと言わんばかりにモルツの背中を踏み付けている。その現場に目を留めた彼は「すげぇ！」と瞳を輝かせた。

「あの変態野郎が手も足も出ないとはッ、さすがの凶暴性だぜお嬢ちゃん！」

血糊はまた今度試してみようかなと自己完結したところでようやく、マリア以外眼中になかったニールとアーシュの視線がぶつかった。

ニールはパチリと瞬きして、この若者は誰だろうと首を傾げた。そういえば彼女の隣を走っていた白衣の若者がいたなぁ……と薄らぼんやり記憶を手繰り寄せる。

うん、お嬢ちゃんしか見てなかったけど、そういえばいたわ。

ニールは、思い至って掌に拳を落とした。なんだかやけに体調が悪そうな、そして文官所属の軍服に白衣という不思議な格好をした若者に声を掛ける。

「やっほー。今にも倒れそうな顔してるけど大丈夫？　俺、ニールって言うんだけど、『お嬢ちゃんの連れ君』はなんて名前なの？　というか文官服なのに白衣とか超気になるんだけど、今の若者に流行(はや)ってるファッションかなんか？」

べらべら好き勝手に喋ったニールは、彼の足元がふらりとしたのに気付いて一度言葉を切った。その若者の顔色は、つい先程よりも真っ青(まさお)になっている。

「おーい、俺の声聞こえてる？」

「……血……血が…………」

口の中でぶつぶつ言うのが聞こえて、「あ、なるほどね！」と納得した。

「あははは、『お嬢ちゃんの連れ君』びっくりしたんだ？　へっへ〜ん、騙されたね！　実はさ、この血は俺の自作の超リアルな偽物なんだぜ――って、あら？」

ニールの視線の先で、アーシュが白目を剝いて倒れた。

三

第六師団の騎士たちは、ポルペオ師団長が倒れたという知らせを受けて救護室に駆け付けた。

ボロボロになって口数も少なくなっていた仲間たちは、詳細を教えてはくれなかった。特注のヅラが外れた師団長の頭に見事なたんこぶが出来ているのを見て、一番尊敬している上司が、またしても『迷惑な同僚もしくは友人』たちから被害を受けたらしいと察した。

その上司が救護室に運び込まれて一安心――とはならなかった。

いつも問題はその後なのだ。それからが大変忙しくて、救護室前は一時ひどい惨状と化した。ポルペオのヅラ無しバージョンに耐性のない若いメイドが失神するたびに、騎士たちと警備の衛兵、それから救護班と中堅メイド達が対応しなければならなかった。

「あああああもうッ、頼むから耐性がなさそうな奴は近づけるな！」

普段は冷静沈着な第六師団の騎士たちも、思わず何度も声を張り上げる事になった。まだ十代の見習い救護班の少年が、目の眩む美しさにあてられてメイドと共にぶっ倒れた時は、「お前男だろしっかりしろよ！」と叫んでしまったほどだ。

本当に疲れた……そんなに時間は経っていないのに、ひどい疲労感である。

救護室の扉の前にバリケードのように並び立つ部下たちは疲労困憊（ひろうこんぱい）して、その顔面にいつもの覇気はなかった。ポルペオ・ポルーの優秀な部下として、げんなりとした表情だけは晒（さら）すまいと、どうにか口を真一文字に引き締めて直立している状態である。

何せ彼らの前には、まだ淑女が残っているのだ。

そこには、先輩メイドによって迅速に介抱され、数分ほど失神してから目覚めたばかりの十代後半のメイドが二人座り込んでいたのである。早く去ってくれないものだろうかと、ポルペオの部下たちはずっと思いながら見守っていた。

「待って待って待って、あの超絶ハンサムなお方は誰ですの!?」

「先輩ッ、なんで男性神の銅像が動いておりますの!?」

「あなた方、落ち着きなさい。見苦しいですわよ」

三十代くらいのメイドがぴしゃりと言い、そっと控えめに眉を寄せた。二人に立つように指示して、無事に身を起こしたのを見届けると、続いてしっかりとこう教える。

「それから、いいですか。あれは銅像に命が宿って動いているわけではありません」

「だってどう見ても、国立芸術館の前にある銅像です！」

「それは当然ですわ。あれはポルー師団長様が、とある一件で合同軍を率いた時の姿を銅像にしたもので、マーティス帝国と旧ドゥーディナバレス領民から贈られた感謝の品ですから」

あなた達、もっと勉強しなさいと言いながら、そのメイド頭は質問の絶えない二人の新人メイドの腕を摑むと、有無を言わさずに引っ張って行った。

彼女たちの姿が見えなくなってようやく、ポルペオの部下たちは息を吐いて緊張を解いた。近くにいる警備の衛兵たちも、こっそり肩の強張りを解く。

どうやら若いメイドの中には、ポルペオ師団長の事をよく知らない者もいるらしい。

黒縁眼鏡を掛けていても隠し切れない美貌の持ち主であるポルペオ・ポルーは、精悍な顔立ちをした逞しい男である。ポルー伯爵家特有の黄金色の波打つ髪もあって、その外見は強烈な印象を与える。

昔からヅラスタイルの彼は、実は【美しき突きの獅子】としても周辺国では有名だった。他国訪問の際に、偶然ヅラを吹き飛ばされた事が何度かあるためだ。

旧ドゥーディナバレス領に軍を率いて行った際にも、どこぞの外部部隊軍の男たちにヅラを飛ばされた、とか言う噂を聞いた覚えがある。おかげでポルペオ師団長の軍行進の姿は、神々しく救世主そのものであると騒がれ、絵画にも描かれたりもしていた。

その時、静けさが戻った廊下に、遠くで騒ぐ声が微かに聞こえてきた。

「なんだなんだ、また何か起こっているのか？」

彼らは訝って、メイド達が歩いて行ったのとは反対側へと目を向けた。今度は一体なんだと、しばらくじっと耳を澄ませる。

「うーん、遠くなって行ったな」

「『変態が』って聞こえた気がしたんだが……」

「俺はよく聞こえなかったなぁ、――それって女の悲鳴？」

「いや、声は男だった」

彼らは揃って首を傾げた。もはや疲労で、思考が上手く回ってくれなかった。

救護室前の警備を担当する衛兵たちが、そんな疲労感たっぷりの彼らを労わるように、代わりに耳を澄ませて「ここからは距離があるようですね」と言った。しかしそのすぐ後に、そのうちの一人が不穏な気配を察した様子で同僚を見やった。

「なぁ、今、別の方角からドカンッて音がしなかったか？　……あれってさ、もしかして総隊長の執務室あたりじゃ――」

「頼むから、不安を煽るような憶測はやめようぜ」

「ああ、そうだとも。短時間で複数の騒ぎが起こるとか、『もうこれ、確実に宰相様が倒れるんじゃね？』とか考えちまうからやめようぜ、相棒」

その時、救護室の中から扉越しに、「おい」と言う声が聞こえた。衛兵たちが咄嗟に口をつぐみ、ポルペオの部下たちはハッとして扉を振り返る。

「何やら騒がしいようだが、どうした？」

扉の向こうから、そう問うポルペオ師団長の声がした。

また何かしら起こっているのかも、なんて言ってしまったら、規律を重んじ正義を掲げるこの上司がまた無理をしてしまうだろう。だから騎士たちは慌てて、「何も起こっていませんッ」と声を揃えて答え、それから一人が代表して心配そうに尋ねた。

「…………師団長、お身体は大丈夫ですか？」

「問題はない。手間を掛けたな――おい、私の眼鏡はどこだ？」

室内にいる部下に、ポルペオ師団長がそう訊くのが聞こえた。マントを手で払う音に加えて、彼の本来の、やや長い波打つ黄金色の髪がサラリと音を立てるのが聞こえた。

どうやら頭の治療は終わったらしい。

あと数分もしないうちに、ポルペオ師団長は支度を終えて出て来るだろう。

そう察して胸を撫で下ろした時、廊下の曲がり角から、数人の同僚たちが仲間たちのボロボロになった軍服の替えを持ってやって来るのが見えた。扉の前で待っていた騎士たちは、師団長の無事を伝えるように彼らに柔らかな苦笑を浮かべ、

「お疲れ様」

そう声を掛けたのだった。

十七章　困惑の護衛騎士とその令嬢～長い一日の終わり～

倒れたアーシュが、激マズの気付け薬を飲んでもう一度気絶した。友人の救護班に担架に乗せられた彼が運ばれて行くのを、マリアは同情しながら見送った。

「毎度思うんだが、なかなか個性的な友達だよなぁ……」

というか今回の気付け薬について、彼が『うぅ、あの黒い虫の足の味がする』と言っていたのが気になる。その虫の正体もそうだが、お前貴族なのにそんなモン食った事があるのかと思った。

救護班が来る前、ニールには血糊を洗い流すように言い付けた。また勝手に色々とされても困るのでモルッに、急ぎの用がないなら責任を持って師団側のシャワー室を貸してやるようにとお願いして、既に二人とは別れていた。

やれやれ、自分はこのまま第四王子の私室に向かうとするか。

もう、なんだか疲れ切ってしまっていて、マリアはふらふらと廊下を歩き出した。頼むからもう天使（リリーナ様）に会わせてくれ、と思った。

だが、中央広場を抜けて次の廊下を曲がったところで、マリアはピタリと足を止めてしまった。そこには、通行人たちが避けて出来た不自然な半円があった。

その中央には、犬耳が付いたふわふわの帽子を被った騎士がいた。立派なマントを踏み付けてしゃがみ込み、何やらぶづぶつ言いながら壁に額を押し付けている。

というか、一体何やってんだ王妃専属の護衛騎士。

それはヴァンレットとモルツと同年齢の、ルーカス・ダイアンだった。泣き虫の新人近衛騎士と呼ばれていた男で、今の地位は三十代という若さからすればかなりの出世である。

「えっと……………、何をなさっておいでなのですか、ルーカス様……？」

つか、そこにいられたら邪魔なんだが、と思ってマリアは声を掛けた。

すると、ルーカスがゆっくりとこちらを見た。懐かない番犬みたいな目元や雰囲気が、どこかアーシュが大人になったみたいだと思わせる彼は、何故か幽霊でも見たような表情を浮かべたまま、数秒待っても何も言ってこない。

そもそも、こんなところに『王妃専属の護衛騎士』がいるのが珍し過ぎた。通行人たちが戸惑った空気を漂わせているのを感じたマリアは、もう一度口を開いた。

「ルーカス様、そもそもお立場からすると、こちら側に来る用事はないのでは？」

目撃して最初に思った疑問を口にすると、彼が「メイドちゃん……」と今にも死にそうな声を発した。

「………………実はメイドちゃんを待っていたんだ。ここにいれば、通るかなって」

まさかの自分待ちだった。

頭の中を殴られたような衝撃を覚えたマリアは、一瞬の思考停止状態の後、いやなんでだよと思って口角を引き攣らせた。

「おかしいでしょうルーカス様、なんで私を出待ちするんですか」

「まだ時間があるんだろう？　頼む付き合ってくれっ！　全力で責任持って送り届けるから、今残っている時間の全部を俺にくれ！」

そう言いながら、立ち上がった彼にガシリと両手を掴まれた。途端に周りがざわっとなって、マリアは頼むからやめてくれ、とめちゃくちゃ困った。

「ルーカス様、誤解されるような発言と行動は、おやめになった方がよろしいかと」

「んな困惑の目を向けられても引き返せないんだッ、もうメイドちゃんしかいないし、俺の事を『素敵』だとか『夢中だ』だとか、初めて過ぎて混乱が止まらな――いてっ」

「だから『やめろ』って言ってんだろ阿呆！」

何やら絶賛混乱中であるらしい。とはいえ、その言い方だとますます誤解されるだろうと思って、ひとまずマリアは彼の頭を殴って強制的に発言を止めさせた。

叩かれた頭を帽子越しに撫でさするルーカスは、やっぱり若干涙目になっている。かなり混乱して参っているのか、暴言と殴られた事に対する抗議の言葉も出てこないようだった。

「で、一体何があったんです？」

早く戻りたいマリアは、腕を組んでそう尋ねた。

すると彼が、視線を落としたまま「実は」と深刻そうな声を出した。

「ラブレターをもらっちまったみたいなんだ…………」

「……………ラブレター、ですか」

これまでにない反応を女性からされたからって、動揺するなよ……。

昔から女性とは縁のない彼に、そんな理由で出待ちされたらしい。呆気に取られたマリアは、そのまま彼の頭の上の犬耳帽子へと困惑の目を向けてしまった。それは半ば彼が首を傾げているせいか、本物の狼（おおかみ）の耳みたいに彼の感情を表しているかのようだった。

「しかも俺は三十代なのに、相手はまだ十代前半なんだ」

「えぇと、ルーカス様は貴族でいらっしゃいますし、お立場からすると、お相手の令嬢様が十代であってもなんら不思議ではないかと……？」

貴族社会では、男性は年齢ではなく家柄と地位が重視されると聞く。王妃専属の護衛騎士だというのに、これまでルーカスに縁談話の一つさえなかった事の方がおかしいのだ。

そう考えてみると、今になって初のラブレターというのも変な話である。マリアは、ますます困惑してしまって、ルーカスを見つめたままゴクリと息を呑んだ。

「…………ルーカス様、まさかまだ童て――」

「女の子がそういう事口にするなよッ」

ちゃんと通る道は通ってるわッ、と言いながらルーカスに口を塞がれた。

男同士で、そういった事情の話をするたびに、真っ赤になって泣いて怒っていたのを覚えていたから、マリアはなぁんだ良かったと元先輩軍人として安心した。

「おい何笑ってるんだよ。つか、そういう事をこんなとこで俺に言わせるなよな⁉」

「あははは、分かったわかっ――おっほんッ」

うっかり素の口調で言ってしまい、下手な咳払いをした。

思えば、またこいつに会えるとは思っていなかったなと、先日『さようなら』と言った事を思い出す。仕方ない、話を聞いてやるかと小さく息を吐いて、柔らかな苦笑を浮かべた。

「それでルーカス様、一体ラブレターをもらった事の何がお困りなんですか？」

少しだけ和らげた口調で問い掛けると、ルーカスが一瞬不思議そうな顔をした。それから、「ああ、実はな」と言いながら懐から手紙を取り出して開く。

「今すぐ相談出来る相手もいなくて困っていたんだ。俺の周りにいる奴らって、大抵面白がるだけか茶化すか女心が分からない系だし、やっぱりここは女の子に相談するのが一番だよなと思ったら、メイドちゃんの事を思い出して——ん？　何か言いたそうだな？」

「ほほほ……、気のせいですわルーカス様」

マリアは、乾いた笑みを浮かべて棒読みでそう答えた。先日の件が思い出されて、一番女心を分かっていないのはお前じゃないのかな、ともう少しで言いそうになったのだ。

まぁでも、ラブレターをもらっていっぱいいっぱいになるまで考えているところは、真面目に向き合っているのだと取れなくもない。もしかしたら本当に恋でもして、結婚出来るかもなと思う。

「ほら、これが手紙」

そう言いながら手紙を差し出され、マリアは少しだけ迷った末に受け取った。こういう物を他人に見せて読ませるのもどうなんだろうな、と思いつつ文面を確認する。

お見掛けして素敵な人だと思いました。もしよろしければ、今日お会いしたい。そしていずれはお見合いの席を設けて……といった事が書かれてあった。貴族区のサロンを管理している者に知り合いがいて、今日そこを訪れているのだとか。

きちんと自己紹介もされていた。ディアン男爵家の末の娘で、ジョセフィーヌ・ディアン。十二歳。

「ディアン男爵家令嬢、ねぇ……聞いた事がない家名だなぁ」

思わず片手を腰に当てて、指先をトントンしながら呟いた。

「しかも十二歳って、茶会デビューしてまだ一、二年くらいか……あれ？　普通、令嬢って自分からこういった手紙とか出すっけ？」

「出す子はいるぜ、俺の後輩もそっちから交際を始めて婚約してた。でも社交デビューはしていない歳だし、こんだけ若い子だとあんまりない事だとは思うけど」

ルーカスが手紙を指してそう説明する。

貴族同士の結婚は、家同士の契約みたいなところがある。マリアはメイドとして少し教えられた事がある、令嬢貴族の婚姻事情を思い出して、「そうか」と相槌を打った。

「ああ、それでルーカス様はこの家名に覚えは？」

「いや。というか俺、パーティーだとかそういうのは、護衛仕事で行った事はあるけど私的に参加した事はねぇから、どの令嬢が誰だとかよく分からねぇし。強そうな騎士とかは常にチェックしてるけどな！」

はははは、とルーカスがあっけらかんと笑う。

お前、もういい歳してるのに大丈夫か、とマリアは彼が凄く心配になった。そもそも、なんでこいつは犬耳帽子を被っているんだろうか……。

「でも冷静になってみると、実際ちょっと信じられないというのもあるんだよなぁ」

その時、ルーカスがちょいと手紙を取ってそう言った。

「まぁ今更なんだけど、考えてみりゃあ俺がそういう手紙をもらうなんてあるわけないし、王妃様の事を考えると警戒しちまうというか」

「うわー、それは本当に今更……でも問題はなさそうに思いますけどね」

「俺は今までこういった経験がないからよく分からねぇけど、今はとくに用心すべきだというか」

ふっ、とルーカスが真面目な雰囲気をまとった。

ああ、そうか、と察してマリアは口を閉じた。そうだった、お前は大事なカトリーナを守っているんだったなと今更のように思った。

あれから十六年、泣き虫だった新人近衛騎士が、随分頼もしくなったものだ、とマリアは思わず苦笑をこぼしてしまう。彼が持っている手紙に目を戻した際、ふと、ああそういえばと思い出した。

昔、王宮でニールがラブレターを拾っていたなぁ。

あの時も、予想の斜め上を行く大騒動になった。恋愛や色恋沙汰には全く縁がない連中だったから、一体誰宛てだと黒騎士部隊の男たちが騒ぎ立てたのが騒動の始まりで。

『これ、もしかして隊長宛てだったりするのか……!?』

『なわけないだろう、阿呆。それにしても宛名を書き忘れる子もいるんだな——あ、ポルペオ』

『…………オブライト、ちょうどいいところにという顔をやめろ。そして、ソレを持ってこっちに近寄るな。いや、しばらく私に近づくな』

『？　なんで？』

『くッ、最近貴様を主人公にした妙な創作本が出回っているのを知らんのか……いつもどこで見ているのか知らんが、ファンのウィーバー子爵め——いいか、私は断じて男色家ではないッ！』

『いきなりどうした？　結婚もして子供もいるから知っているけど』

ハッキリと通る声をしたポルペオは、独り言も大きな男だった。やっぱりよく分からない奴だなぁ、と思った一件だったのを覚えている。

そう思い返していると、何やら思案していたルーカスがこう言った。

「手紙に書かれている貴族区のサロンは知ってるけど、俺が午後に少し暇をもらっている事を把握しているとも取れるわけだよなぁ……」

「それこそ考え過ぎなんじゃありませんか？　もしかしたら、このディアン男爵様というお方が、ルーカス様の知人越しのお知り合いだという可能性もありますし」

本当にラブレターだとしたら、彼にとっては喜ばしい話だ。

マリアはそう思って、らしくなくぐるぐると悩んで考え込んでいるルーカスに助言した。疑い深く考え過ぎるのは、相手に対して失礼なのではないか。

そもそも『王妃専属の護衛騎士』への手紙だ。王妃および陛下の周りで常に護衛に当たっている『裏』の連中が、そうホイホイ怪しい手紙が行き交うのを許すはずがない。

するとルーカスが、手を落ち着きなく動かしながら「だってさ」と情けない表情で言ってきた。

「ほら、まさか俺の事が好きとか、あるわけがない話だというか」

「………………」

「まだ十二歳っていっても、社交デビューのための教育はしっかり受けている『一淑女』なわけだろ？　四年もしたら結婚も出来る子が、俺を素敵だとか言ってるんだぞ？」

こいつ、慣れない状況に焦って、ちょっと面倒な感じになってんな……。

このまま置いて行こうかと考え始めた時、ふと、これが奴にとって、恋心の理解への第一歩になるんじゃないかとも思えてきた。女心を意識し始めているのだとしたら、これはこれでいい兆候だろう。

マリアはニヤニヤしそうになって、女の子らしく口許に手を当てて「ふふっ」と笑った。

「ルーカス様、素直に嬉しがっても構わないんじゃないかと思いますわ。実際のところ、お手紙を読んだ時は、テンションが上がったんじゃありません？」

「ん？　いやないぞ。『モテない俺にラブレター、だと……!?』って思った」

彼が急に冷静な顔になって、顔の前で手を振ってそう言った。

なんだか、この後輩がよく分からなくなってきた。自分に好意を寄せる手紙を生まれて初めてもらったのなら、普通はもっと違う反応をするのではなかろうか？

「女の子からの初めての手紙なんですよね？　なのに動揺以外になかったんですか？」

「だってさ、俺と仲良くしたい女の子なんてマジでいねぇから」

「それ、キッパリと言っていい台詞じゃないような……」

「それにさ、文面の一部がちょっと疑問で」

そう言われて、マリアはますます困惑して小首を傾げてしまう。

「あの、これといっておかしな部分はなかったように思いますけれど……。それは一体どの文章ですの？」

「ほら、ここだよ」

言いながら、ルーカスが手紙の文面を指した。

「『あなた様が気になっております』の後の、『お姿を見ると胸がきゅっとするのです』って書かれてあるところなんだけど、――胸が苦しいって何かの病気じゃないのか？」

あ、こいつやっぱ駄目だわ。

マリアは、彼が本気でそう思って言っているのだと分かって、薄ら笑いを浮かべてしまった。とにかく疲れ切っているのだ、もうこれ以上付き合い切れんなと思って手紙を取り上げる。

「ルーカス様、これは本当にラブレターなんです。私が阿呆なあなた様にも分かるような言葉に直して、読んで差し上げますから、聞いていてくださいな」

「目の前で冷静に俺を貶すのやめてくれない!?」

「煩いですわよルーカス様、だから結婚出来ないのです」

ズバッと返されたルーカスが、「結婚出来ないって言うなよッ」と涙目になった。それをマリアは聞き流すと、とっとと終わらせてやろうと、パラフレーズした内容を棒読みし始めた。

※※※

モルツを見送ったロイドは、それからしばらくもしないうちに自身の執務室の扉を破壊していた。鞘に収まった剣で、感情のままの一振りだけで廊下の向こうまで扉を吹っ飛ばした。

ニールに嫌がらせをするために、モルツを向かわせたのはつい先程である。部屋の外が騒がしくなってくるのを聞きながら『裏』の人間を召喚して用を済ませた直後、バタバタと足音がし始めたと思ったら、リボンのメイドがモルツを沈めたと話す声が聞こえた。

何があったのかは知らないが、二次被害を受けた白衣の文官も倒れたのだとか。

廊下にいた男たちが真っ青になって見守る中、ロイドは冷静さを取り戻す事も出来ないまま部屋を後にした。向けられてくる視線が煩わしい。かといって胸のムカムカは増すばかりなので、一人になれる場所でじっとしてもいられない。

頭をかきむしるという、らしくない行動を見せるわけにもいかず、どうにか堪えて無言でズカズカと廊下を進む。ニールへの報復は一応成功したというのに、達成感はまるでない。

「――くそッ」

思わず口の中で、らしくない悪態をこぼしてしまった。

俺はちっとも接点も持てんというのに、なんでモルツとニールがまたマリアと合流してんだよ……！

胸中はめちゃくちゃ複雑だった。どうしてこうも上手く行かないんだ、とよく分からない激しい苛立ちが胸の中で暴れているのを感じて、ロイドは「一体なんなんだ」と自分にも腹が立った。

呼び方の件と同じだ、どう言い表せばいいのか不明な『もやもや感』が募る。

所属も立場も違うのだから、この広い王宮内で遭遇する確率は低いはずだ。それが普通なのだ。だというのに、賊騒動ではレイモンドとモルツが。美少年サロンの騒ぎでは、何故かニール も含めた面々で。そして様子が気になってヴァンレットを護衛として迎えに向かわせたら、どうしてか王妃専属の護衛騎士であるルーカスが共にいたらしいし――。

「………ああ、そういえばそうだったな」

ふと思い出して、ロイドは一瞬苛立ちを忘れて呟いた。

先日の賊騒動で、報告したレイモンドがマリアの様子を心配していた。小さく震えていたのだと聞いて、……だからロイドは、らしくなく『護衛』を手配したのだ。

もしかしたら、不安で心細いのかもしれないと。

最近出入りを始めたばかりの広過ぎる王宮内を、一人で歩くのは怖いかもしれない、と。

いつも笑って弱みを見せないマリアが、誰もいないところでじっと耐えている後ろ姿を想像してしまったのだ。あの女の子に、そんな想いと表情はさせたくないと思った。

これまで、女だからといって誰かを気遣った事はなかった。それだというのにロイドは、レイモンドから報告を受けたあの時、『女の子だろう』『頼って助けを求めてもいいのに』と思ったのだ。

第四王子クリストファーの護衛として接点があるから、ヴァンレットだったら他の者よりは気心が知れていて安心してくれるかもしれない。そう考えて、薬学研究棟にいる彼女を迎えに行くよう、伝言を持たせた遣いを出したのだ。

気付いたら心が鎮まっていて、ロイドは目的もなく歩き回っていた足を止めた。

なんだ、よく分からんが平気じゃないかと思った。

そこでようやく、自分が軍区から離れて公共区の広場まで来ている事に気付いた。向こうにあるのは貴族サロンや王族区だ、ここには何も用がない。

戻って残りの手配を済ませようかと踵を返し掛けた時、すぐそこの廊下で妙なざわめきが上がっている事に気付いた。そんなに広くない通路だというのに、通行人が一部分を避けるようにしている。

そこを目に留めた直後、ロイドはハッと目を凝らしていた。

そこには、大きなリボンを付けたメイド少女の後ろ姿があった。たっぷりのダークブラウンの髪がお尻まで掛かっている。それは、膝丈のメイド衣装に身を包んでいるマリアだった。

一体何をしているのだろう、どうしてそんなところにつっ立っている？

そんな疑問を覚えてすぐ、その向かいにルーカス・ダイアンがいるのに気付いた。顔立ちもまぁまぁ悪くない彼は、王妃専属の護衛騎士の衣装とも相まって、黙っていれば生真面目そうな凛々しい表情が女性の目を引く男だ。

「一目見た時からずっと気になっていました。お会いする事を考えただけで胸がドキドキします、お付き合い前提で少しお話ししてくださいませんか？」

ロイドはそれを聞いて、「は……？」と呆気に取られた。

何故かマリアが、ルーカスに『愛の告白』をしていた。わざわざ手紙まで持参して一字一句を伝えている様子から、想いを真摯に伝えているのだと分かった。

年頃の恥じらいや恋よりも、食い気が勝っている彼女が異性への好意を口にしている。

こちらが美麗に微笑んでも、ちっとも女の子らしい反応をしてくれないというのに――。

考える余裕は、ものの数秒であっさり吹き飛んだ。もはや『よく分からない』だとか『苛立ちなのか？』だとかは頭の中から消え去ってしまった。

つい先程とは比べ物にならないほどの激しい感情が込み上げて、抑えがきかない荒ぶる感情で理性が飛ぶ。

直後、ロイドは自分の中で、ブチリと何かが切れる音を聞いた。


―

マリアは死んだような目をしながら、完全な棒読みで手紙の内容を全部パラフレーズした。

さっさと済ませてしまおう、手間を掛けさせてんじゃねぇよといった思いが、ニコリともしないその冷ややかな表情にハッキリと表れていた。お見合いの席、と言ってもなんだかピンとこないんじゃないかと思って、そちらの言葉も子供でも分かるように言い換えている。

読み上げる声に感情が一切こもっていないせいで妙な圧力が発せられていて、向かいにいるルーカスが「おおぅ……」と緊張して喉仏を上下させる。

「よく分からない威圧感があるのに、――すげぇ分かりやすいのがびっくりだ」

そりゃそうだろう、全部お前の語彙力に合わせた言い方をしたからな。

ロマンも女らしさの欠片も文才さえもないマリアだったが、切れているせいで読解力と翻訳力が上がっていた。少女として生まれ変わった今世分の知識だってある。つきっきりで愛らしい令嬢リリーナの面倒を見ている専属メイドをナメんなよ、と内心ブチ切れ状態だった。

「ほら、コレちゃんとしたラブレターでしょう?」

「腑に落ちないのに、納得せざるを得ないくらいラブレターっぽい……」

文章短めだけど好意しか述べられていないんだから、明らかにラブレターだろう。

いまだに戸惑った様子で「でもなぁ」と首を傾げている彼を見て、マリアは「もう帰っていいか」と苛々としながら言った。しかし直後、ふっと違和感を覚えて手紙に目を戻した。

やっぱりなんか変だな。自分が今日サロンの方に来ているからと言って、話した事もない身分が上の相手を、まるで急いでいるみたいに呼び出す十二歳の令嬢なんているのだろうか……？

そう思案し掛けた時、不意に強烈な殺気を感じてぶわりと鳥肌が立った。

悪寒でゾクッと反射的に身体が強張り、マリアはルーカスと共にハッとして目を走らせた。廊下と繋がっている向こうの広場でザッと人の波が割れた。するとそこに、王宮で唯一の漆黒の軍服が見えて、嘘だろと顔が引き攣る。

絶世の美貌を持った彼が、射殺さんばかりに睨み付けてくる視線を受けて、さーっと血の気が引いた。

それは、最高潮にブチ切れて真っ黒いオーラをまとった総隊長、ロイド・ファウストだった。顔を見るのは今朝ぶりだが、何故か完全に魔王化している。

今日はもう、何もないだろうと思っていたのに、ここにきてまさかのドS鬼畜野郎の破壊神（ロイド）かよ……そう思ったマリアは、ゴクリと唾を呑み込んだ。

その時、ロイドが動き出した。こちらを敵であるかの如く睨み付けたまま、穏やかでない雰囲気でツカツカと向かって来られてマリアは動揺した。

「な、なんでしょうか……？」

言いながら、口が引き攣りそうになった。どうして向かって来られているのかも分からないし、彼の怒りを買ってしまうような心当たりだってない。

するとと、目の前まで来たロイドが、こちらではなく唐突にルーカスの頭を鷲掴みにした。十六年前と違い、今や身長差もほぼない彼の頭をギリギリと締め付ける。

「貴様、よほど死にたいと見える」

「なんでいきなり俺ええええええええええぇぇ⁉」

ルーカスが涙目になって叫んだ。

そりゃそうだ、全くもってわけが分からない。周囲の人々も殺気に気圧されて真っ青になっており、かつ唐突な死刑宣告にドン引きしていた。

「おいルーカス。彼女の告白を断るか、それともここで死ぬか選べ」

「なんだよその二択は⁉」

絶対零度の眼差しで問われたルーカスは、「そもそもなんでココにいるんだよッ」「お前新しい案件とかでバタついてるんじゃないのかよ⁉」と、涙目ながらもきちんと非難の声を上げていた。

「というかいきなり現れてなんなんだ！」

ガタガタ震えながら、彼がもっともな質問を投げ掛ける。

すると、ロイドが珍しく怨恨の情を露に、ギリィッと奥歯を噛む表情を浮かべた。

「ルーカスの分際で一目惚れされるとか、ザケんなよ」

「何その俺が可哀想でしかない理由は⁉　なんか完っっっ全なとばっちりだろコレ！　つか、お前普段の言葉遣いもぶっ飛んで俗っぽくなってるけど、マジでどうした⁉」

確かに。公爵家の人間である彼の口から、ザケんなというストレートな言葉を聞いたのは初めてのような気がする。

マリアは呆気に取られて、しばしその様子を見守ってしまった。とうとう胸倉を掴まれ、いよいよルーカスが処刑される空気感が強まる。

「というかメイドちゃんの告白っていうのが、そもそも違うんだけど！」

そうルーカスが叫ぶ声を聞いて、ようやく我に返った。

よく分からんが、そこは完全な誤解だ。頭の中が疑問符でいっぱいで、前世の意識もごちゃごちゃになったままマリアは動いた。

「あの、えっと、すみませんがロイド様、それは勘違いです」

そのまま軍服の袖をそっとつまんで、引っ張りながらそう呼び掛けた。

直後、ロイドの殺気が一瞬で消えたかと思ったら、そのまま動かなくなってしまった。

それを見てマリアは「あ」となった。しまった、うっかり名前の方で呼んでしまった、もう前世の頃みたいに呼べない立場だった……そう気付いて反省する。

「申し訳ございません、総隊長様」

そろりとぎこちなく手を離しながら謝罪した。それでもいつもみたいに睨んでこず、ピクリともしない彼に、ますます申し訳なさが込み上げた。

こんなにも距離が遠いんだなと、どうしてか胸のあたりがきゅっとした。メイドとしてちゃんとしなければと考えたら、知らず一歩後退してしまった。

その音が耳に入ったのか、ロイドがふっと顔を上げて「あ……」と珍しく呆けたような声を上げた。ゆっくりとルーカスを解放して、こちらを見下ろしてくる。

彼は、なんだか妙な表情を浮かべていた。

怒ってはいないみたいだ。不思議に思って小首を傾げたら、どこか動揺でもしているみたいに、普段はしないような独白までこぼしてくる。

「その、俺は別に」

そう言いながら、どうしてか手を伸ばされた。

疑問に思って小さく眉を寄せ、マリアはその手をそっとよけた。誤解であるとは理解してくれたようであるし、もしやこの手紙を取ろうとしたのだろうか?

「総隊長様、実は王妃専属の護衛騎士であるルーカス様宛てに、このような手紙が届いたのです」

手紙を開いて文面を見せた。するとロイドが「あ?」と顔を顰め、それからいつもの不機嫌そうな思案顔で覗き込んできた。

「ラブレターだな」

ざっくり大まかに目を通したらしいロイドが、たった数秒で背を起こした。

「そうですわよね」

同意されて安心し、マリアは相槌を打ちつつ手紙を下げた。もう興味がなさそうであるし、このまま見せ続けたらかえって機嫌を悪くさせてしまうだろう。

ロイドが案の定白けた様子で、ルーカスを軽く睨み付けた。そんなどうでもいい事を相談していたのかと言わんばかりの目を、長い付き合いで察したルーカスが「いや俺は悪くないってッ」と身の潔白を主張するように言った。

「だってこの俺がラブレターをもらうとか、絶対有り得ないだろ!?」

「まぁそうだろうな」

ズバッとロイドが言い、ルーカスが途端に大人しくなった。じわりと潤んだ涙目をそっとそらし、小さく震えながら「自分に絶対の自信があるイケメンが嫌だ……」と呟く。

大の男がいちいち泣きそうになるなよ、と思いながらもマリアは同情した。

「俺は人の恋だとかなんだとかには興味がない」

形のいい切れ長の目を、ふっとよそに流し向けてロイドが言った。男にしては相当な美形である彼の、長い睫毛(まつげ)が思案気な影を落とす様までもが、人の目を引くほどに美しい。

「送り主はどこの令嬢だ」

唐突にロイドが尋ねた。目を向けられたルーカスが、間の抜けた表情を浮かべる。

「は……？　何が？」

「だから、どこの令嬢からのものだと訊いている」

興味がないと一蹴して去って行くかと思いきや、協力か助言でもするつもりでいるかのような彼の態度が意外過ぎて、マリアもルーカスもしばし呆気に取られてしまった。

自己紹介がてら、名前などが手紙の一番下には添えられている。そこまで目を通していない時点で、ロイドが全く興味を抱いていないのは容易に察せられた。

戸惑いながらも、素直なルーカスがマリアの手から手紙を取り上げた。

「ええと、相手はディアン男爵家の末娘、ジョセフィーヌ・ディアン、十二歳だ」

そこにある名前をもう一度確認して、彼が読み上げる。

それを聞いた途端、ロイドがピクッと反応した。ゆっくりと目をそらして沈黙するのを見たマリアとルーカスは、急に不安になった。

「……あのさ、なんで目も合わせてくれないわけ？　めちゃめちゃ気になるんだけど」

彼にしては長過ぎる沈黙に耐えかねて、ルーカスが恐々と質問した。思案気にじっとよそを向いていたロイドが、ややあってからようやく目を戻して言った。

「…………それ、グイードの遠縁だぞ」

「え」

「爵位は男爵だが、帝国貴族の血が混じっていてそれなりに歴史もある家柄だ。あちらの末の娘は、昨年ようやく茶会デビューをして、王都通いのために近くの親戚領地で世話になっているとは聞いたが」

説明していたロイドが、そこで言葉を切って間を置いた。どこか考えるように視線をそらして顎に手をやった後、踵を返して片手を振った。

「……まぁ頑張れ。じゃあな」

「おいいいいいいいいいい!? ここで見捨てるとかひどくね!?」

叫んだルーカスが、その肩をガシリと摑んで引き留めた。それでも怒らず、じっと肩越しに見つめ返してくるロイドを見て、彼はぶわっと涙目になる。

「やっぱり何かあるんだろッ? そうなんだろう!? だから逃げるつもりなんだな!?」

「煩いな。――そもそもお前宛ての手紙であって、俺は関係ないだろう」

「待って待って見捨てないでッ、ここでこうして会ったんだから最後まで付き合えよッ。グイードさんの遠縁とかもう嫌な予感しかしないっ!」

今にも泣き出しそうな顔で、ルーカスは怒ったような声でびゃあびゃあ騒ぐ。

その様子を、マリアはなんとも言えない表情で見守っていた。さすがにルーカスの反応は相手令嬢に対して失礼なんじゃないかなと思いつつも、滅多にないロイドの反応に嫌な予感が増大する。

これまで何人か、グイードの血縁関係者は見てきた。話の分かる親切な人たちばかりで、非軍人籍だというのに、初対面からオブライトにも親しく接してくれた。その温かいところが「あ、なんかグイードに似ているなぁ」と思ったものだ。

あんなに人の話を聞かない暴れ馬はグイードだけだよ、と若かりし頃のレイモンドも言っていた。でも遠縁とはいえ、もしやその令嬢には、彼と似通っているところがあったりするのでは……？

このまま帰ってしまってもいいだろうか。

もう、今日は色々とあってかなり疲れているのだ。やや切れ始めているロイドを、それでも羽交い締めにして引き留め続けているルーカスを見ながらそう思った。

その時、昔から泣いたり怒ったりする時に限って驚異的な怖いもの知らずの行動力を発揮する彼が、ガバリとこちらを見てきた。表情は怒っているのに、完全に泣いてしまっていた。

「旅と冒険は道連れって言うだろ！　お前らがいるうちに解決するッ、だから頼むから一緒についてきてくださいバカヤロおおおおおおおおおお！」

混乱が極まって、言い方がおかしくなっている。

その必死な頼みっぷりに、断る言葉もすぐには出てこなくて、マリアは「とりあえず、落ち着け」とどうにか言った。ここは付き合うしかないらしいと諦めて受け入れた途端、いつもの思考が戻ってきて、やっぱり彼の頭の上にピンと立っているふさふさの犬耳が気になった。

「――というかお前、なんで獣耳を付けているんだ？」

同じく、行動を共にする事を承知して通常思考に戻ったらしいロイドが、羽交い締めにされたまま今更のようにそう訊いた。

するとルーカスが、ぐすっと鼻を啜ってこう答えた。

「………王妃様のご友人様が、旅行先からのお土産(みやげ)にって持ってきたんだ」

しかも無駄にクオリティが高い、と彼が涙声をこぼした。

普段から・・・・・・ヴィンセント伯爵が面白がって、獣シリーズの衣装やら帽子やら頭飾りやらをルーカスへの土産にしてくるせいで、彼自身にもそういう趣味があるのだと誤解されてしまったらしい。

そう続く涙ながらの呟きを聞いたマリアとロイドは、共通の友人(ヴィンセント)を思い浮かべた。

国王陛下アヴェインの友人で、とにかく面白い事が大好きで好奇心も旺盛。かなりキラキラしていて女性に大人気であり、柔和な美しい微笑みが似合う生粋の貴族。なのに剣の腕が一流で、異国の隠し収納型の剣を使って、いい笑顔で殺しに掛かる戦闘狂で――。

マリアとロイドは、しばし沈黙した後、この手紙の件には最後まで付き合ってやろうか、とそれぞれ同じ事を思った表情を浮かべながら、ルーカスから目をそらした。

二

王宮内の貴族区には複数のサロンが存在している。管理者と用途・趣もそれぞれのサロンごとに違っていて、基本的に第四サロンが外来貴族向けとなっている——らしい。

この第四サロンには、付属の休憩室がいくつかあり、申請すればそれらを個人で使用する事も可能だった。日頃から茶会やグループ談笑も行われていて、管理者だけが使用権限を持つ特別大きな休憩室は一番奥にあった。

「ここに、十二歳の令嬢が一人でいるのか……？」

一番奥の部屋の扉が見えるところまで来て、サロンからそちらをこっそり覗きながら、ルーカスが今更のようにそう言った。

「普通は付き人か使用人が一緒にいるか、もしくは扉を開けた状態で外にお付きメイドが待機しているはずじゃないのか？」

「家の位が男爵だからな、使用人をぞろぞろ連れられるわけでもないだろう。考えようによっては、それほどまでにここの管理者と懇意な付き合いをしている家の娘だとも取れる」

そばから、ロイドが冷静な推測を挟んだ。

「もしくは、それだけ周りに聞かれたくない親身な話をしたい、とかだろうな」

「そういう事を言うのやめろよな!? マジで見合いしたいとかいう相談だったらどうするんだよッ」

元々その可能性はゼロである、という認識の下で彼が言う。

普通はそっちを考えそうなんだけどなぁ、とマリアは彼の隣でチラリと思った。サロン内を区切るちょっとした壁ごしに、犬耳帽子を被った男と一緒になって向こうにある扉を覗き見ている現状にも複雑な胸中を覚える。

サロンを利用している貴族たちが、なんだあの面々はという目を向けてくる。軍人には全く馴染みがないからか、余計に注目されてしまっている感じがした。

「――俺が思うに、その線はないだろう」

扉の方へと思案気に視線を流し向けて、ロイドが呟いた。

「茶会デビューした際に、遠縁の子だとグイードに教えられた。まだ異性だとか恋愛だとかには全く興味がないようだ、と言っていた」

「じゃあ総隊長様は、名前を知った時には既に『一目惚れ説はない』と判断していたわけですか?」

なんだ、そういうのは先に教えてくれてもいいのに。そう思いながらマリアが尋ねると、どうしてか彼が「一目、惚れ……」とこちらの言葉を反芻して黙り込んだ。

ルーカスが扉の方を見たまま、「なぁロイド」と呼んだ。

「お前が関わりたくないって事は、その子、ローゼン騎士伯のところの腹黒令嬢とか、もしくは対照的なレイモンドさんの嫁さんみたいな人って事なのか？」

外部部隊軍だから、という理由でオブライトに対して敬語をすっ飛ばした言葉遣いだったのと同様に、年齢が下だからという理由で、ロイドに対してもタメ口という強者(つわもの)っぷりを発揮して彼が言う。

そういえばレイモンドの嫁は、ある意味で最強の女性だったなぁ。

マリアは、当時結婚していた友人たちの妻の中で、もっともぽやぽやしていた穏やかな女性(ひと)を思い出した。何を考えているのかよく分からないところのある不思議な人で、家に行くたびに友人と揃って同じ前髪にされたりと反応に困らされた。

出身がとある国の名家という事もあり、あのロイドも黙って前髪を結ばれ、慎重に対応していた相手だった。それくらいレイモンドのところが、名高い貴族一族だというのもある。

それにしても懐かしい。ローゼン騎士伯の幼い令嬢は、あの双子司書と似たところがあってなかなか困らされたものだが、元気にしているだろうか？

今は、もう当時の自分と同じくらいの年齢なっているはずだ。そう考えていると、何やら眉間に皺を寄せていたロイドが、むすっとしたまま口を開いた。

「いや、グイードの子爵家のような特殊な立ち位置でもない。歳の離れた兄と、既に嫁いだ三人の姉に比べるとかなり内気な娘らしい。遠くから見た感じでもそうだった」

「…………あのさ、そうくると、いよいよ警戒するしかないっていうか」

ルーカスのそんな声を聞きながら、マリアも同じく嫌な予感を覚えていた。ロイドの物言いがなんだか棒読みで、視線を向けても顔をそむけているのも大変気になる。

「…………………ええと、ロイド？　お前、その茶会で一体何を見たんだ？」

再びルーカスが尋ねると、ロイドがじっと思い返すように顎に手をやる。

いや、だからその沈黙やめろよ。お前がそういう態度を取る相手って結構限られるだろう――マリアとルーカスは、そう同じ事を思った。

というか、私はお嬢様のメイドなのに、今日に限っては登城してからちっともリリーナ様にお会い出来ていないような気がするんだが……この一日がとても長く感じられるのは、連続して面倒に巻き込まれている疲労感のせいだろうか？

ついでに言うと、やけにクオリティの高い『狼っぽいリアルなふわふわ耳』に、たびたび目が吸い寄せられて困る。贈ってくれた人や王妃の目もないというのに、ルーカスが根の真面目さで犬耳帽子を被り続けているのも気になる。

嫌なら外せばいいのでは、とアドバイスしたくて落ち着かなくなるたびに、余計な精神的疲労を覚えてしまう。彼の場合、周りから集めている視線にかなり鈍いところがあるのも問題だ。

「そんなに時間もないし、……直球で手紙の件について聞くしかねぇかな」

ルーカスが、悩みつつといった声を上げる。

「メイドちゃんは、似た年頃の令嬢の世話をしているからとくに意見を聞きたいんだけどさ。へたに遠回しで探りを入れるより、そっちの方が相手の子の負担も少なくて済むだろ？」

「うん？　まぁ子供ですし、こちらから優しく促してあげるのがいいでしょうね」

リリーナより二歳年上の女の子だという相手を想定したうえで、マリアは答えた。

「大事なのは、こちらが怒ってはいない事を、声と態度で伝えつつ話を聞き出す事ですわね。三人で詰め寄る印象を与えたらアウトです、緊張で何も話せなくなってしまいますわ」

「んじゃ、ロイドには黙っていてもらう方向で」

「おいルーカス、お前より俺の方が社交的だって事を忘れるなよ」

殺すぞ、とロイドが僅かに睨み付ける。

確かに、ロイドは時と場合に応じて表情を取り繕い、きちんと貴族らしい態度だって取る男だった。愛想笑いと社交辞令の下には、真っ黒な企(たくら)みや計算があって慄くレベルだったけれど、おかげで友人たちの妻や子供たちからは、「いい人」だと思われていた。

その賢さと美貌もあって、当時十六歳だった彼は、女性に困る事が全くなかった。先日、初めてアーバンド侯爵邸に来訪した時も、あっという間にリリーナの警戒を解いて懐かれていた。

「『そっちにその気がないのは気付いている』、『だから応えてやれない』、と言って終わらせれば早い話だろう。わざわざ理由を尋ねる必要があるのか？」

「お前って他人への関心が薄いっつうか、相変わらず冷めてるよなぁ……」

そんな淡々とした対応って冷たくない？　とルーカスが困惑顔で首を傾げる。

「だって気になるだろ？　もしかしたら何か事情があって、今日すぐに会いたいという事なのかもしれねぇし」

そう真っすぐな目で言われ、ロイドが分からんなと顔を顰めた。

「くだらん」

「えぇ……あのさ、令嬢の前ではそういうこと言うなよ……？」

「グイードの遠縁の娘だ、怯えさせるような真似(まね)はしない」

当たり前だろう、とでも言うように彼が鼻で息を吐く。

「そもそも事情といっても、実にくだらん予感しかしないがな」

グイードの血筋を考えると、その予感はずっとしていて、マリアはそっと視線をそらしてしまった。ルーカスも沈黙して、ゆっくりと顔をそむける。

「…………ルーカス様、当事者はあなた様ですし言い出しっぺなんですから、どうぞ動いてくださいまし」

「メイドちゃん、言葉にちょっと棘を感じるというか、その『骨は拾ってやるから』みたいな横顔もなんだか追い打ちを掛けてくるんだけど」

真面目な顔でルーカスがマリアを見てそう言うと、ロイドが「とっとと行け」と待機状態に飽きたように足で背中を押しやった。

緊張感を解すようにルーカスが深呼吸して、「よし」と意気込んで歩き出した。後にマリアが続くと、ロイドも付き合うように付いいてくる。

なんだかんだ言って『仲間』には、そう辛辣でもないんだよなぁ。

大人になって落ち着きが増したせいか、それをより感じて不思議に思う。扉の前で立ち止まったルーカスの後ろで、チラリと横目に見上げたらパチリと目が合った。

「なんだ」

「いえ、なんでも……というか、総隊長様の方こそ何か？」

先に見てきていたらしいと察して、マリアは尋ね返した。そうしたらロイドが「別に」と無愛想に答えて、ふいっと視線をそらした。

ルーカスが扉を叩いた。中からぽそぽそと愛らしい声が小さく聞こえたので扉を開けると、そこにはティーセット一式が置かれた小さなテーブル席と、緊張した様子で椅子にちょこんと腰掛けている一人の女の子の姿があった。

こちらを見た彼女が、ちょっと驚いた様子で目を丸くする。少し薄めのブラウンの瞳、癖の入った髪は控えめに髪留めがされているだけで、まとまりなく背中に流れている。少し地味寄りな顔立ちは、まだ十二歳という事もあって、あどけなく愛らしい。

お〜、なんというか全体的にちんまりしている子だな。

ルーカスの後ろからひょいと覗き込んだマリアは、そう思った。レースの多い重そうなふわふわとした衣装も、髪の印象と相まってよく似合っている。

「すまない、君が『ジョセフィーヌ・ディアン』か？」

女の子が一人しかいない部屋だと配慮したルーカスが、すぐには踏み入らず、入口越しに確認した。少女が躊躇いがちにコクン、と頷くのを見て簡単に自己紹介する。

「…………先日、遠くからチラリと拝見したので、お顔は存じあげておりました」

令嬢、ジョセフィーヌが名乗り返してから、つま先しか床に届いていない足を内側に寄せてそう言った。俯き、ぼそぼそと話される声はとても小さい。

その様子からは、手紙にあったような期待やトキメキ感は見受けられなかった。

彼女はルーカスだけでなく、マリアとロイドが一緒に来ているのを見て、叱られると思ったのか、弱々しい不安げな表情を浮かべて入室を促した。

許可を得たルーカスが、騎士らしく礼を取ってから、「それでは失礼する」と言って少し歩を進める。すぐには話せそうにないジョセフィーヌを見て、彼がまずは話し出した。

三

　ルーカスは、相手の子供を怯えさせないように優しい言葉遣いでここにくるまでの推測と経緯を話した。その口調や表情からは、持ち前の素直さと面倒見の良さが窺える。

　話を聞くジョセフィーヌは、不安そうにスカートを握り締めている手に視線を落としていた。本来の気性のようで、弱々しい表情をずっと浮かべて黙っている。

「………お話しされた通りです、想いもないのに手紙を出しました」

　ようやくそう口を開いた彼女が、続いて「申し訳ございませんでした」と謝罪して頭を下げた。

　今にも泣きそうになっている様子を見て取り、ルーカスが困ったように眉を下げて、説明する際に取り出していた彼女からの手紙を見る。

「うーん、別に俺は嘘の手紙で怒ったりはしないんだが……、なんで俺に出したんだ？」

　先程までの大人し目な口調を解いて、彼がそう独り言のように問う。

　すると、それまで様子見に徹していたロイドが、さっさと話を進めるように腕を組んだままこう口を挟んできた。

「見合いに繋げるための活動の一環、と取っても？」

「え、そういう事？」

ルーカスがすぐに反応し、じゃあつまり、あながち『嘘手紙』というわけでもないのか、とあまりよく分かっていない顔で彼を見る。

婚姻活動であれば何も問題はない。茶会デビューをすれば令嬢令息としてアピールするのは普通の事であり、そうやって貴族の家同士のきちんとした婚約話に繋げて行くものだ。

貴族の家に生まれた者としての、結婚の義務。

そこには様々な利権も関わっていて、それが嫌で時間稼ぎするように軍隊に入る男もいる。一人っ子で嫡男であったグイードやレイモンドやジーンも、入隊したきっかけはそうだったとマリアはオブライトだった頃に聞いていた。

するとジョセフィーヌが、大きな瞳をじわりと潤ませた。

「わたくしには三人の姉がおります。……立ち居振る舞いも美しい自慢の姉で」

言いながら、声が震え始めてより弱々しさが増した。

「私と違って、お姉様たちは美しいのです。今の私と同じ歳の時には、既に嫁ぎ先も決まっておりました。でも、でも私は、兄姉の中で一番取り柄もなく、み、みすぼらしくて」

ぽろぽろと涙がこぼれ始めたのを見て、ルーカスがギョッとして一歩後退した。マリアは、冷静なままのロイドの横顔をチラリと見上げる。

「十二歳で婚約が決まっていないのは、そんなにダメな事なんですか？」

「そんなわけないだろう。そもそも彼女は男爵令嬢だぞ」

姉たちと比べて勝手に焦っているだけだろう。ロイドの白けた横顔からは、そんな思いも伝わってきた。

幼少期に婚約者が決まっていた王族のアヴェインや、高名なポルー伯爵家のポルペオとは事情が違う。マリアは、そういうもんなのかなと思いながら、ぷるぷると震えて涙を堪えている彼女に気遣う声を掛けた。

「ええと、お嬢様は、ご両親に色々と言われたわけではないのですよね？」

一応確認してみると、彼女がコクンと頷いてきた。

「ならば、そうお焦りになる必要はないかと存じます」

ジョセフィーヌが、また自分の手へと目を落とした。フリルたっぷりのスカートをぎゅっと握り締めて「お父様も、そう言ってくださっています」と言う。

「私だって結婚したくないいし、男性となんて付き合いたくありません」

「え」

「殿方と面白くもないお話をして、せっかくの読書時間を取られるのも嫌です。低い声も怖いし、ちっとも興味を抱けませんし恋愛なんて物語の中だけで十分です」

それは本心であるようで、ぷんぷんとした可愛らしい顔で力説してくる。

「本の中の素敵な男性のような殿方なんて、現実に存在するはずがありませんし、私が好きになれる人なんて現れるはずがありません。それでも婚約しなければと、とても嫌だけれども、我慢して耐えて努力して頑張っているのですわ」

そんなに嫌なのか……と男性陣の間に微妙な沈黙が漂った。元男性であるマリアも、現実世界の男がこけおろされている現状に、複雑な心境になった。

というか、全く希望していないのに婚姻活動のアピールをしているのか？

それはそれで不思議であるし、よく分からないところだ。

そう思っていると、一時の強さを見せただけで疲れ切った様子で、ジョセフィーヌがしょんぼりとなった。元々性格的には内気で、かなり自分に自信がない子であるらしい。

「……あのさ、ジョセフィーヌ嬢……？」

また泣かれそうになっている気配を察して、ルーカスがぎこちなく発言した。

「そんなに嫌なら、しばらくは『休憩』してもいいと思うんだけどな。ぇぇとまだ十二歳だし、なんというか、心にダメージが溜まっている感じもするというか」

確かに。

震えて泣くくらい嫌ならちょっとな、とマリアとロイドは真顔で同じ事を思った。するとジョセフィーヌが、じわりと目尻に涙を浮かべて「だって」と涙声を上げた。

「ここまできたら、もう引き返せないと思って」

「それってどういう事ですか？」

マリアは疑問に思って、つい思ったまま愛想良くそう尋ねていた。

ルーカスとロイドが「え」と、このタイミングでその表情で訊くのかという目で彼女を見る。

「…………この空気を読まない感じ、誰かに似ている気がする」

「…………見ていて苛々するぽやっとした顔だな」

珍しくぼそりとロイドが相槌を打つ。

小声で交わされるやりとりの中、ジョセフィーヌがまたしても俯いた。きゅっと唇を引き結んだその表情には、ますます子供らしい幼さが漂う。それを見たマリアは、可愛いなぁとのんびり思って隣の二人の存在を忘れ、今の状況も頭の中から少し飛んでいた。

「お父様が取り計らってくださって、ようやく殿方との最初お見合いが叶ったのが早数ヵ月前。それ以来、ずっとお見合いし続けているのに、全部ダメで」

小声であるのが勿体ないと感じるほど、そう話される声は大変愛らしい。

「わざわざ嫁ぎ先からお姉様たちも励ましに来てくれて、そうすると次こそはと頑張らなければならない気持ちになって、個人的にお手紙を出したりもしたのに、ことごとくダメで——ずっと断られ続けて二十三件」

それを聞いて、何も反応を返せなくなる。

数ヵ月で二桁は多いな……、と元男であるマリアを含めて男性陣は思った。

すると、その空気を察したジョセフィーヌが、ぽろぽろと泣き出した。可愛らしい怒り顔で、スカートを握っている自分の手を見つめる。

「私、頑張ったんです。お手紙を出すのだって毎回死にそうになるくらい緊張するし、知らない男性と喋るなんて嫌過ぎてお腹(なか)も痛くなるけど、頑張って努力して――」

そもそもですね、と不意にジョセフィーヌの涙が止まる。

「殿方と交際するよりも、こちとら可愛らしいお友達が欲しくてたまらないでいるのに、可愛い女の子たちにずっと話し掛ける事だって出来ないでいる中で、頑張っている私が少しテンパるだけで気遣いも対応も出来ない男性ってなんなんですか？」

こちらが口を挟む隙もなく喋り続けながら、テーブルに手を置いてゆらりと立ち上がった。気のせいか、声音には私怨がこもっていて、ドスが利いている。

「誰もがことごとく、毎度情けない態度を露に見合い話の破棄を申し出る姿も滑稽で。ああ、なんだこいつもかと、そのたびに私の失望も重なって行くわけですわ」

テーブルに置かれているジョセフィーヌの手が、ギリィッと拳を作る。

「そんな中で男性に期待したり夢を見たりすると思いますか。嫌々ながら交流茶会に出かけているというのに、最近は男性だけでなく女性もよそよそしくって」

彼女は静かに殺気立った声で、止まらず喋り続ける。その台詞の中に、先程から『こちとら』や『こいつ』という令嬢らしからぬ荒っぽい言葉が交じっているのが、大変気になった。

嫌な予感を覚えたという表情のルーカスが、「あの」「その」と口にする問い掛けの言葉も、ことごとく遮られてしまっていた。もはや何を言う気にもなれないでいるらしいロイドの隣で、マリアも悪い予感が拭えなくて口許が引き攣り掛けていた。

「きっと見合いをした方々が、ご自分の名誉を守るために私の悪口でもバラまいているのですわ。皆様で連絡を取り合ってお集まりになって、私を嗤っているに違いありません。ちょっとテンパった女の子のフォローも出来ない脆弱ヤローのうえ、なんと器の小さい」

それは少し行き過ぎた発想のような気もした。

けれどどこの感じ、どこかの誰かを思わせるなと嫌な予感を覚えた。どこもかしこも細い十二歳の令嬢から、ざわりと不穏な闘気が発せられて空気がピリピリしている。

不意に、ジョセフィーヌの手元からバキリと音が上がって、頑丈な造りをした美しい紅茶休憩用のテーブルにヒビが入った。

「少しテンパっただけじゃないの。なのになんで、もしかしたら可愛い女の子のお友達が出来るかもしれないと、その一抹の希望だけを胸にこんなにも努力している私から――どの殿方も逃げ出すのよこんちくしょおおおおおおおおお！」

直後、怨念のこもった叫びを上げ、彼女が涙を浮かべた怒りの形相で、近くに置かれているソファを両手でガシリと摑んだ。

「揃いも揃って私の陰口を叩きながら笑っているだなんて、あんまりですわッ。目の前にすると余計に嫌過ぎて逃げ出したいのはこちらの方ですわ――――――っ！」

叫びながら、ガコンッとソファを持ち上げた。先程までの弱々しげな令嬢と同一人物とは思えないブチ切れ状態で、大人数人掛かりでないと移動出来ないはずのそれを頭上に掲げる。

まさかの、どこかの迷惑級の馬鹿と瓜二つの被害妄想ぶりだった。そのままソファを両手で持ち上げたジョセフィーヌを見て、マリアは「嘘だろ」と言葉をこぼす。

同じくルーカスが「マジかよ⁉」と目を剝いて、よろりと一歩後退した。

「コレ、まんまグイードさんじゃねぇか！」

「遠縁のはずなのですけれどね」

まさか娘のルルーシアもこんな感じなんじゃないだろうな……と、答えながらつい考えてしまう。

すると、ただ一人だけ冷静な様子のロイドが、考えるように腕を組んでこう言った。

「投げられたら投げ返せばいいが、それも出来そうにないしな。怪我でもされたら厄介だ」

「同じ怪力持ちとして冷静に言うの、やめてもらえませんか総隊長様」

マリアは、目も向けないまま間髪入れずに言った。隣の規格外なドS破壊神が嫌だなと思った。そもそも金の装飾がされた三人掛けのソファを、持ち上げるのも投げるのも普通ではない。

とはいえ、相手は婚約前の十二歳の令嬢だ。怪我をさせられないという彼の意見には賛成だった。ルーカスも「どうするよ」と焦った声で訊いてくる。

「普段グイードさんにするみたいに、あの子を力業で止めるのも無理だろ」

「あのバカに比べると、理性は少し残っているみたいだがな」

「おいそこで俺を見るなよッ、説得とか絶対に無理だからな⁉」

いつも俺を暴れるグイードさんに放り投げやがって、と彼が涙目になってそう言う。

「私に案があります」

ほんの少し考えたマリアは、二人にそう声を掛けた。身の丈に合わないソファを投げる構えに入るジョセフィーヌから、ロイドへと横目を向ける。

「総隊長様、私が彼女の注意をそらします。ですからソファの方は任せてもいいですか？」

「何をする気だ？」

問われたマリアは、強気な笑みをぎこちなく浮かべて言う。

「グイードさんより聞く耳をお持ちのようなので、別の事で気を引くんです。――ルーカス様には、総隊長様のフォローをお願いしてもいいですか？」

「俺は別に構わないが……、メイドちゃんは大丈夫なのか？」

「力仕事は殿方のお二人に任せますから、大丈夫ですわ」

そう答えたら、ルーカスが「あー」と察したような顔をした。それを見たマリアは、オブライト時代、後輩を褒める時にいつもしていたように、にっこりと爽やかな笑みを返した。

「つまり私が、説得役ですわ」

マリアは、そう言うなり「行きますわよ」と真面目な声で言って一気に動き出した。前方に飛び出した彼女の後ろに、すぐにロイドが続いて、ルーカスも慌てて追う。

ジョセフィーヌが、びっくりしたように目を見開いた。ソファは男に投げるつもりだったのか、正面から向かって来るマリアを見て戸惑いの声を上げる。

「えっ、ちょ、待って、――ふぇ!?」

あっという間に距離を詰めたマリアは、彼女の眼前でふわりと微笑んだ。外見の幼さが残る少女顔には少し違和感のある、とても大人びて落ち着いた笑みだった。

「お可愛らしいあなた様に、力脅しのような事は似合いませんよ。だから、まずはその大きな物を置いてしまいましょう、ジョセフィーヌ嬢?」

マリアは、うっかり素の口調の方でそう言っていた。

ふわりと舞った髪先が触れそうな距離で、それを目に留めたジョセフィーヌが大きな瞳をめいっぱい開く。しばし、そのどこか凛々しい微笑みを見つめて――。

直後、ぶわりと真っ赤になったかと思うと、彼女の手からふっと力が抜けて行った。そのタイミングで、落ちそうになったソファをロイドが冷静に受け止める。ルーカスが「普通に持つって信じられねぇ」と言いながら、角の方を支えてバランスを取った。

「申し遅れました。私、アーバンド侯爵家令嬢リリーナ様の専属メイド、マリアと申します」

「リリーナ様……？　もしや最近婚約された殿下の、とても愛らしいお相手の……？」

「はい。リリーナ様は、あなた様より二歳年下になります」

ロイド達の方は見ようともせず、マリアはジョセフィーヌの視線を自分に向けさせたまま、にこっと警戒心を解く笑みを浮かべてそう言った。

何事もなかったかのように会話へ持ち込んでいる様子を見つつ、ロイドとルーカスがソファを静かに床へ置き直した。ルーカスが、呆けたようにこう呟く。

「…………メイドちゃん、令嬢をさらっと止めたなぁ。男だったらめっちゃ役得」

「…………昔、ああいうのがいた気が……」

ロイドが、ぼそぼそと口の中に言葉を落とした。思案気な表情になった彼を振り返ったルーカスが、「なんて言ったんだ？」と不思議そうに問う。

そんな中、女性陣の話はつつがなく続いていた。

「その表情からすると、もしかしてリリーナ様を見た事がおありですか？」

「勿論ですわ！　遠目から何度か拝見致しました。あんなに可愛らしいお方を忘れるはずがございませんし！　劇場ではとても美しくて素敵なお兄様とご一緒でしたわッ」

どうやらアルバートに関しては、話すのも嫌だとか怖いとかいう印象は抱いていないらしい。続けて「優しそうな人」とまで語るその目には、自分の直感に対する確信が宿っていた。

もしかしたら、それほどまでにリリーナの第一印象が良かったのかもしれない。確かに彼が『優しい』のは本当で、そして他者（家族以外）にも見よう見真似で同じように振る舞う事は出来る。

でも彼の感覚と思考は、普通とはかなりズレている。

それは【殺人狂】であった執事長フォレスと近いものがあって、けれど彼よりも絶対的に足りないモノのせいで、アルバートの場合は『異様』さが際立っていた。

――？　すれ違った、だからなんとなく腕を切り落としただけだよ？

どうして駄目なのか、何が駄目なのか、彼はただただ純粋に本当に分からなくて訊いてくる。その判断基準をくれる君主を、彼はとても楽しみに待っているのだ。

自らの基準を持たず限界を知らない。根拠も目的もなく、無垢（むく）でいて残酷。限度を示してくれる『僕の陛下』がいてくれればいいじゃない、と笑って言う彼について、アーバンド侯爵も「まだまだだねぇ」と爵位継承は当分先だと考えていた。

だから次代の王についても、侯爵としては少し考えているところがあるのだとか。

難しい事はよく分からない。マリアはまぁいいかと思って、ジョセフィーヌに「左様でございますか」と愛想良く笑って相槌を打った。

「実は、リリーナ様は少々人見知りで、皆様遠方にお住まいのため、屋敷に遊びに来られる機会も少なくて——もしよろしければ『お話の機会を得たいとご希望があった』と、お嬢様の事を旦那様にお伝えしてもよろしいでしょうか？」

「へ？」

「ウチのリリーナ様も、本格的な茶会デビューまでにはと、お友達を絶賛大募集中なのです。もし、お会いする機会が設けられたとしたら、後はお嬢様たち次第ですね」

リリーナには『普通の令嬢として、普通の友人を』とアーバンド侯爵たちは考えていた。勿論その相手は厳選されていて、本人の意思や相性といった事情もあり、今のところ親交のある友人は指で数えられる程度しかいない。

そのうちの三人は、社交場での護衛も兼ねた暗殺貴族の令嬢令息だった。だから、もし友人になれそうな普通の子がいれば、各戦闘使用人も推薦して欲しいと言われていた。

少しばかりクセはあるけれど、なんだかいい友達になれそうな気もした。そうでなくても社交場での知り合いが増えるのは良い事なので、恐らくアーバンド侯爵も会う席を設けてくれるだろう。

自分に出来るのは、推薦する者の名前を伝える事くらいだ。つまりこれで、今回のラブレター騒動は一件落着である。

　すっかり大人しくなったジョセフィーヌを前に、マリアはもうこれで終わりと言わんばかりの呑気な笑みを浮かべた。しかし、ルーカスとロイドは、いまだに面倒な予感を拭えない様子で『グイードの遠縁』である当の令嬢を見やる。

「お会いしてお話出来るかもしれないの……？　あんな可愛い子と、もしかしたらお友達になれるかもしれない……？」

　ジョセフィーヌは、足元に向けた目をぐるぐるさせながら一人ぶつぶつと呟いていた。わなわなと手を震わせ、何やら感極まったかのようにカッと目を見開く。

「もしかしたら一緒にお菓子を食べたり、本についてお喋りを楽しんじゃったり、茶会の場で待ち合わせして『ごめん待った？』『うふふ今来たところですの』、なぁんて事も出来るって事⁉」

　それを見ていたルーカスが、よく理解出来ないという表情を浮かべた。

「なんか妄想が怖い……メイドちゃん、なんで彼女の様子がおかしいと気付かないんだ？」

「友達いなさ過ぎだろ」

　ロイドがズバッと指摘して、「相手構わずどんどん話し掛けて行くグイードとは大違いだな」と口にする。

　その時、ジョセフィーヌが、かぁっと染まった頬を興奮したように両手で押さえてこう言った。

「私、あんなに可愛くて天使みたいな女の子初めてで、一目見た時からずっと忘れられなかったの。手を引いていたお兄様が羨まし過ぎて目が離せなくて……あ、ああああんなに可愛い子と、おと、おおおお友達になれたら毎日がハッピーですわ……!!」

え、そこまでウチのリリーナ様と友達になりたかったの？

今日にでも早速推薦しておくかと考えていたマリアは、ようやく令嬢の異変に気付いた。

確かに、リリーナは天使みたいに愛らしい。ずっとそばで成長を見守ってきた身としては、その愛らしさが伝わってくれているのは嬉しくもあった。よく分かっているなぁと感心していると、ジョセフィーヌがガバリと顔を上げて見つめ返してきた。

「『専属メイドのマリアさん』お願いッ！　交友計画に付き合ってくださいまし！」

「え」

そのままガシリと、勢いよく手を握られた。

計画という事は、この後もあるという事だろうか。自分よりも頭一個分くらい小さい令嬢を見下ろすマリアは、そう思い至って「は」と呟いてしまう。

顔を合わせる機会のセッティングも含めて、何かしら加勢して欲しいらしい。気付いているのかいないのか、ジョセフィーヌは「ここで逃げられてたまるもんですか」と言わんばかりの表情で、ギリギリと手を握り締め付けてくる。

とはいえ、その表情も潤んだ必死な目も、大変愛らしい。

十二歳の子供の柔らかな手の温もりへ目を向けて、マリアはしばし沈黙していた。すると、後ろからルーカスがぎこちなく声を掛けてきた。

「メイドちゃん、さっきから手がギリギリ言ってるけど、大丈夫か……？」

まぁ、これくらいであれば全然平気なので問題ない。

前世も今世も馬鹿力であるうえ頑丈なマリアは、そう思いながら目の前の令嬢を見つめて、両者に応えるようにコックリと頷いた。

ジョセフィーヌが「嬉しいですわ！」「ありがとう！」と言って、ようやく手を離してはしゃいだ。その声をただただ聞くマリアの背に、ルーカスが「おいいいいい!?」と騒がしい声を投げ掛ける。

「そこで了承すんのかよ!?」

だって、真っすぐ目を向けられて頼まれたらなぁ……と、マリアは心の中で呟いた。彼の方を振り返り、今更のように『これ、どうしよう』という目を向ける。

居合わせたんだから付き合うよな、協力するよな？

そう表情で伝えると、ルーカスとロイドは同時にそっと顔をそらした。これ以上グイード要素を抱えた小さな令嬢には付き合いたくない、と彼らの雰囲気は物語っている。

「………俺、王妃様の護衛仕事で抜けられないから、頑張れ」

「…………知っているとは思うが、俺はハーパーの件もあってスケジュールが詰まっている」

二人の返答を聞いたマリアは、見捨てられたような心地で「ですよね……」と答えた。そもそもリリーナとジョセフィーヌを引き合わせるのは、両家の問題であって彼らが関わる問題ではない。

一件落着になった矢先、またしても厄介な頼まれ事が増えたようだ。

どうしたもんかなぁと思いながら、マリアは屋敷に戻ったらアーバンド侯爵、もしいなければ執事長か料理長に真っ先に相談しようと決めたのだった。

【オブライト時代・番外編】～似た者同士な二人～

今から十八年前、ヴァンレットやニール達が入隊する少し前の事。

国王陛下アヴェインからの『立ち寄れ』という伝言を受けて、オブライトは報告書類を軍部に提出したその足で、ジーンと共に王宮の王族区を目指していた。

軍区を抜け、公共区の廊下を進む二人のマントには、黒騎士部隊の荒ぶる竜のマークが刺繍されていた。擦れ違う貴族たちが「人殺し部隊」「野蛮な」と言ってくるのを一切気にする事のない堂々とした様子で、二人は並んで肩で風を切るように歩く。

「親友よ、すまんな」

手土産の菓子袋を持ったジーンが、思い返す表情を浮かべて言った。

「昨日、ルーノ君に捕まっちまってさ。来てくださいって泣きながら頼まれたから、断れなかったんだわ。仕事も全部前倒しになったし、さすがの俺も疲れた……」

何せ書類作業が一番の強敵だもんなぁ、とジーンは思わず呟いた。

怖いもの知らずの敵知らず、と言われている黒騎士部隊だが、実は座ってやるデスクワークが大変不得意な者たちばかりだという事を知る者は少ない。

今日、王宮の正午休憩に合わせて、予定していた報告書の提出期限も半日早まった。「比較的自信があります！」と言う部下たちが作業を手伝ってくれたのだが、結局はジーンがめちゃくちゃ頑張るハメになった。

まぁまぁ読めるとはいえ、学を受けた者が見たら卒倒しかねない酷い文字。

これをお偉いさんに提出したらあかんだろ、というざっくり過ぎる文章。

もう色々と突っ込みどころ満載の壊滅的な書類を仕上げた本人たちは、ここ数年で慣れてきたし自信があります、と堂々と主張する強者ばかりだ。

「アレ、どうにかならんかな……」

机仕事は勘弁してくれという性格のジーンは、思わず副隊長としての悩みを口にしてしまう。

少し考え事に耽っていたオブライトは、数秒遅れて隣を歩く相棒を見た。本日の予定が急きょ変更になった件について「仕方ないさ」と答える。

「この頃、立て込んでいて親子揃ってゆっくり出来る暇もないだろ？　アヴェインは時間も限られてるだろうから、俺としては出来る限り付き合うよ」

　そのままにこっと微笑み掛けられたジーンは、うっかり目が潤んで「ホントいい奴だよなぁ」と目頭を押さえた。おかげで午前中は超多忙だったというのに、それを全く気にしていないような穏やかな笑みが、疲労した心に染みて感動した。

　癖のない色素の薄い髪を揺らして、オブライトは濁った赤い目を前に戻した。擦れ違うメイドが、端正な顔立ちの落ち着いた表情に目を惹かれて立ち止まるが、彼は気付く事のないまま通り過ぎる。

　その表情の下で、二歳になって少しずつ言葉を話し始めるようになった第二王子、ジークフリートが天使だと思っているとは、誰も気付いていない。

　非戦闘モードの柔らかな雰囲気をまとったオブライトは、早く二人に会いたいなぁと回想を再開した。第一王子は、走っても転ぶ事が少なくなり、最近は読み書きも本格的に習い始めている。

　対する第二王子ジークフリートは、いまだひどく臆病で泣き虫だった。行くたびに泣いている真っ最中で、まずは彼をあやす事から始めるというのがルーティーンになっている。

「ついでとばかりに、半ば子守りを任されている感じもあるんだよなぁ」

　ジーンは、慣れない子守りの疲労感を滲ませてそう言った。

「カトリーナがいないと、アヴェインでもなかなか泣きやまねぇし。それでも辛抱強く抱っこしてあやしているお前を見てさ、毎度すげぇなって尊敬するんだわ」

「それもまた可愛いじゃないか。俺は平気だよ」

オブライトは、より爽やかさを増した微笑を浮かべて即答した。それを見たジーンが、真剣な顔で「さすがだぜ、親友」と褒める。

「そうやってさらっといい笑顔で断言するの、マジで尊敬するわ」

そう言われたオブラトは、にこっと笑う。

「ジークが泣いていたら任せてくれ」

頭の中に『だって子供は可愛い』『抱き上げて甘やかしたい』『小さくて可愛い』『天使』といった言葉が沢山浮かぶ中、オブライトは今の一番の思いを主張するようにそう告げた。

そのまま廊下を進み、軍区と貴族区と公共区が合流する広間に出た。

その時、二人は見知った男がいるのに気付いた。それは師団長のポルペオ・ポルーで、同じ方向へと進んでいた彼もまた、こちらに気付いて視線を返してきた。

直後、ジーンが「ぶはっ」と笑い出しそうになった口を手で押さえた。オブライトは、ポルペオの新ヅラに「おぉぅ」と声を上げて立ち止まってしまう。

すると、奴が堂々とした足取りでズカズカと近づいてきた。

「貴様らも今から陛下のところか？　私も昼休憩にお呼ばれしたのだが、他に誰が行くか聞いているか――って、なんだ何をじっと見ている？」

目の前に立ったポルペオが、太い黒縁眼鏡の奥の黄金色の瞳をすぅっと細めた。察した様子で機嫌を低下させ、仁王立ちしながらこう言う。

「なんだ、私の『髪』に何か問題でも？」

問題というか、急な用意だったとしてもその代用はないんじゃなかろうか。オブライトはそう思って、戸惑いを隠し切れずゴクリと唾を呑んだ。

昨日、騒ぎの道中でなんだか面白くなって、気付いたら奴のヅラを葬っていたのは確かだが、それにしても『これはない』というほど作り物感が半端ない。

隣でジーンが、笑いを必死に堪えてぶるぶると震えている。

これ、正直に教えてあげた方がいいんだろうかと考えていると、ポルペオが真っすぐこちらを見てきた。太めの凛々しい眉をぐっと寄せて、「おい」と言ってくる。

「つまり何が言いたい？」

声量の大きい、凛としたよく通る太い声でそう問われた。

困惑の真っ只中だったオブライトは、促されるまま口を開いてこう言った。

「元のヅラを遥かに凌ぐレベルで似合わないなと思って。もうソレ取った方が絶対にいい
――いてっ」

「馬鹿者。コレはヅラではないと何度言ったら分かるのだ」

頭を軽く叩いたポルペオが、呆れたように腕を組む。

「いつも思うが、貴様は正直になるタイミングが実に下手だな」

顰め面で見つめ返され、よく分からない事を言われた。

オブライトは頭を撫でさすりながら、「それで、ポルペオもアヴェインのところに行く途中なのか？」と尋ねたのだった。

※※※

国王陛下であるアヴェインは、私室となっている広々とした部屋にいた。大窓は全て開かれており、昼の長閑(のどか)な春風が吹き込んでいる。

そこには、座り込んでびゃあびゃあと泣く幼子の声が響いていた。

二歳を過ぎたばかりの第二王子、ジークフリートである。

「もう泣くな、ジーク」

大窓の前に一緒にしゃがみ込んだアヴェインは、指先や掌で涙を拭ってやりながら、我が子にそう言った。彼の金色の髪が美しい顔にさらりと掛かり、落ち着いた金緑の瞳と長い睫毛にもかかっている。

その時、がはははははという野太い笑い声と、そんな彼にしつこく注意している男の声が近づいて来た。

まず入室してきたのは、訓練教官長も務めているバグズリーだった。第七師団を率いており、どこもかしこもムッキムキなかなりの大男だ。師団長のジャケットを腰に巻き付け、自慢の筋肉を見せ付けるかのようなタンクトップ姿である。

「そんなふざけた格好をしているのは貴様だけだぞ！　皺一つないシャツを用意してやったというのに、そのような姿で陛下の御前に参るなどと……今度こそ成敗してくれるッ」

続いて、そう注意しながら第三師団を率いているミゲルが入室した。

彼は、フレイヤ王国では珍しい銀髪の持ち主であり、軍服に特注の十字架デザインを施して白い手袋をしている、清潔感の塊のような神経質で細かい男である。

「我が神聖な目を前にして、よくも堂々とむさっ苦しい筋肉を晒しおって！」

そう叫びながら、ミゲルがバグズリーの首に絞め技を掛ける。大熊みたいな彼は「がはははは！」と笑い、ふと室内の様子に目を留めて「おぅ？」と言った。

「ジーク様は、またお泣きになられているんですかい？」

「迷い鳥が飛び込んできて、あっという間だった」

ミゲルの細腕では肉体的ダメージを全く与えられていないバグズリーを見やって、アヴェインはそう答えた。

聖職者一家の次男として生まれたミゲルと、軍人一家の末子として生まれたバグズリーは正反対のタイプだ。普段から王宮勤務組として騒がしい二人なのだが、お前ら実は仲がいいんじゃね、という目をアヴェインは向ける。

　しかし、それに気付かず、ミゲルがハッとして「失礼致しました、陛下」と騎士としての礼を取った。それから、察した様子でこう続けた。

「なるほど。つまり王妃様と殿下（兄王子）は、迷い鳥をどうにかしようと一旦席を外していらっしゃるわけですか。道理で護衛の者たちが少ないと思いました」

「うむ。まっことお優しい方ですなぁ」

　バグズリーが相槌を打って、ふと、名案を思い付いたと言わんばかりにアヴェインを見た。それに気付いたミゲルが、嫌な予感を覚えて顔を向ける。

「よしっ。ならばこの私が、肩に乗せて気分転換をしてさしあげましょう！」

　そう言いながら、日々『筋肉は正義』と豪語しているムッキムキな上腕筋を見せ付け、バグズリーがニッと笑って真っ白い歯をキラリとさせる。

　アヴェインは、テンションが一気に下がったような表情を浮かべた。

「なんでお前は、トマウマ級の記憶を重ねてるって学習しねぇのかな。いつも言っているが、お前みたいな筋肉馬鹿の大男が肩車なんてしたら、ジークがますます泣く――」

「さぁ！　殿下参りましょうか！」

　猪突猛進（ちょとつもうしん）タイプで筋肉馬鹿の彼が、話も聞かず野太い大きな声を上げる。

びっくりしたジークフリートが、「びょ!?」と言って硬直した。それを涙が止まったと都合良く解釈したバグズリーが、ひょいと持ち上げて肩車する。

「がははははは！　お散歩に参りましょうぞ殿下！」

そう言いながら、機嫌良くバズグリーは急発進した。

ミゲルが「おいコラッ」と、止める声も間に合わなかった。幼い第二王子の、本気で怯える「ぴぎゃあああああああっ！」という悲鳴が遠ざかって行く。

「………ええぇ、マジかよ」

アヴェインは、ぽつりとそう呟いた。

※※※

騎馬将軍のレイモンドとグイードは、アヴェインの部屋を目指して歩いていた。

許可を受けた者しか通る事を許されない王族区の廊下は、他に人の姿もなく静かだ。使用人も一旦引き上げている時間なので、二人分のゆっくりとした足音しかしない。

「余計な人の目もないし、これだったらオブライトも気兼ねなく歩いてこられるだろうな」

レイモンドが、手土産の珈琲豆（コーヒーまめ）を見下ろしてそう言った。

同じくそちらに目を向けたグイードが、「この前入荷されていたやつだっけ?」と尋ねる。

「さすがレイモンドだな。それ、ベルドーラ産のかなり高価な希少豆だろ」

「いきつけの店から『入荷したのでどうぞ』と連絡がきたから、こっちに持ってきてもらうよう配達を頼んでいたんだ。試飲ついでに、オブライトに淹れてもらおうかなと思って」

「ははは、オブライトが淹れると美味くなるよな。あの貴族坊ちゃんのミゲル師団長も、ぶつくさ言いながら全部飲むまで動かないもんなぁ」

淹れ方は同じはずなのに不思議だよな、と二人は首を傾げる。

「紅茶は淹れられないし、料理も壊滅的に駄目なのにな」

グイードは、不思議に思ってそう口にした。彼と親しくしている友人知人の間では、料理と裁縫が出来る嫁を早々にもらうべきでは、とも言われているのだ。

そんなオブライトは、先日も腹黒令嬢に付き合ってサンドイッチ作りに挑み、カトリーナが提供してくれた王宮の厨房をとんでもない惨状にしていた。

あの時、結局ポルペオが自前のエプロンを取り出して、二人を指導して仕上げていた。軍服にエプロン姿はかなり変なのだが、ここ数年で見慣れてしまった光景の一つでもあった。

何やら思い出してしまった様子で、レイモンドが優し気な鳶色の目をそっとそらした。

「野営での丸焼き料理は得意みたいだけど………俺としては、やっぱり害獣を素手でぶん殴ってそのまま食材にしていたのが、強烈な印象として残っているというか」

「あ〜……、確かにあれは衝撃的だったよな。育ちがちょっと心配になったっけ」

グイードも、付き合い出して一年くらいの頃にあった出来事を振り返る。

その怪物は食べ・ら・れ・る・の・か・と尋ねたら、とても爽やかな笑顔で『小さい頃、非常食としてよく食べていたよ』と答えられて反応に困った。肉は硬くて個性的だったが、味は決して悪くなかったのを覚えている。

「ポルペオが一番騒いでいたよなぁ。馬車よりもデカい害獣って、俺もあの時初めて見たわ」

「あいつ、自分の部下たちに『同じ真似(まね)は絶対にするな』と教訓の一つとして教えているらしいぞ。もう結構経つのに、まだトラウマになっているみたいだな」

そういえば、と思い出してレイモンドは言う。

「この前も、ポルペオが部下たちに説いているのを見掛けたな。一方的に『害獣を丸焼きに〜』と言われている全員が、一体誰の事を言っているんだろうって顔してたぞ」

「ははは、ポルペオってテンパると色々言葉が欠けるよな。今日はあいつも来るんだろ？それからオズワルド伯爵のおっさんと、ヴィンセント伯爵と――」

グイードが、都合が付いて参加する面々を指折り数え始める。

その時、廊下の奥の方から、唐突に聞き慣れた男児の悲鳴が聞こえてきた。ピタリと足を止めた二人は、その角から突如現れた筋肉ムキムキの大男に目を瞠(みは)った。

筋肉でものを考えるド級の馬鹿、バグズリーが意気揚々と猛進して来る。その太い首の後ろには、第二王子ジークフリートが肩車されていた。

「ぴぇぇぇぇぇぇぇぇぇぇぇっ！」

荒々しい突風のように、そんな悲鳴が脇を通過して行った。

一瞬にして通り過ぎて行った友人に、レイモンドとグイードは呆気に取られた。バグズリーはそのまま廊下を走り切って、あっという間に見えなくなった。

「…………………」

なんか、今、通った？

二人は、しばし理解が追い付かなくて動けないでいた。

※※※

ちょうどその頃、オブライトは再び歩き出していた。左には笑いのピークを乗り越えたジーン、右には一緒に向かう事になったポルペオの姿があった。

「――貴様ら、堂々と私の『髪』に視線を送るんじゃない」

しばらく黙って歩いたところで、ポルペオが横顔にピキリと青筋を立てた。

「礼儀というものを知らんのか？」

「すまないポルペオ。つい、じっくり見てしまったというか」

「うん、ごめんね。俺も込み上げてくる笑いを抑えるのでせいいっぱいというか」

オブライトとジーンは、隣の彼に真っすぐ目を向けた深刻顔でそう言った。このヅラも、やっぱりかなり似合わないので吹き飛ばしてぇな、と二人は思った。

「そもそも、コレは貴様らのせいだからな。よくも昨日は――」

ポルペオがそう言い掛けた時、広間がざわっとなって行き交う人々が左右へ避けた。

直後、「がはははははは！　楽しいですか殿下！」という野太い笑い声が聞こえ、一人の大男が砲弾のように向こうから飛び出してきて、そのまま広間を突っ切って行った。

横を通過して行ったのは一瞬だったが、その大男が筋肉馬鹿のバグズリー師団長である事は分かった。そして肩車されていた幼子は、「びぇえええ！」とパニック状態で泣きじゃくる第二王子ジークフリートだった。

その愛らしい泣き顔を、コンマ二秒でバッチリ目に焼き付けたオブライトとポルペオは、ほぼ同時に「は？」と地を這うような声をこぼした。

「あのド阿呆野郎、よくもジークとの触れ合いを邪魔しやがって……」

「あの馬鹿者め、よくも我がジークフリート様との貴重な交流を奪いおって……」

筋肉馬鹿が走って行った方向へ、ゆらりと顔を向ける。

「ぶっ殺す」

「許さん」

ブチ切れ状態の表情でそう言うなり、二人は殺気も隠さず走り出していた。

止める言葉も間に合わなかったジーンは、取り残されて呆気に取られた。二人の後ろ姿は、すぐに人波の向こうに消えて行った。

「えぇぇ……これってもしかして、俺が止めなきゃいけないパターン？」

もしかしてそうなのだろうかと考えたところで、ジーンは思わず「マジかよ」と呟いた。

あとがき

作者の百門一新と申します。

このたびは、多くの作品の中から本作をお手に取って頂きまして、誠にありがとうございます！　応援頂いている皆様のおかげで、本シリーズもとうとう四巻目となりましたっ！

最強の黒騎士、いつも楽しくお読み頂きまして本当にありがとうございます。

今回も色々とシーンやエピソードも追加し、丸っと一章分の新章なども加えたりと、とても楽しく執筆致しました。書き下ろしもたんまりの一冊となっております。序盤から終わりまでの、増し増しになったロイドの苦悩をニヤニヤとお楽しみ頂けましたら嬉しいです。

そして、またまたルーカスも登場しております。そのおかげで起こる、魔王の（かなり珍しい）動揺っぷりも、あわせてお楽しみ頂けましたら幸いです！

今回は、まさに「マリアの長い一日」をテーマとしております。

ピーチ・ピンク、ヅラ師団長……と続々登場で、相変わらず騒がしいマリアの周りです。恒例のオブライト時代書き下ろし番外編は、書籍版初登場のポルペオが出ています。

実は番外編のネタは、元々書きたくてたまらない話の一つでした。
私は黒騎士がとても大好きで、書きたい事が多すぎるくらいに彼らの事が大好きで、同じように「好きだ」といつも楽しくお読み頂いて応援してくださっている読者様に、このお話をきちんとした形でお届け出来たら……とずっと願っておりました。

だから、こうして四巻を出せたこと、ここで改めてまたお礼を言わせてください。皆様、いつも温かいご声援・感想・応援や素敵なファンレターを本当にありがとうございます。

そういえば、四巻が出せるとご連絡を頂いた際、担当編集者様に「オブライト時代の番外編を付けたいです！」と最初にお願い（宣言）して、本編分の作業直後にそのまま執筆して一緒に「オリャアアア！（※注※喜びと熱意です）」と提出したら、とても喜んでもらえまして。

「ヅラ祭りですね！（最上級の褒め言葉）」

「（あ、確かに）」

言われて、確かにそうだなと気付きました。黒騎士の世界感をとても大切にしてくれていて、私と同じくマリア達が大好きな担当編集者様には、いつも感謝しかありません。（ピンポイントで感想やご意見を頂けるたび、胸がじんわりと温かくなって、嬉しくてくすぐったい想いがします。）

それから、書き下ろしの新章部分について、こちらで少しお話ししたいと思います。

実は前巻の「ルーカス」に続いて、書籍版初登場のキャラがおります。

まだ十二歳のあどけなく可愛らしい（ある事を除けば）普通の男爵家令嬢なのですが、実を言うと、彼女はこれからアーバンド侯爵家と関わっていく少女となっております。

私は、ああ良かった、と一つホッとしました。

いつかリリーナサイドの友人関係や交友の様子、彼女を友人としても大切にしている「氷の美少女こと暗殺貴族家令嬢」や、新しい友人として加わろうとマリアを巻き込んで奮闘する「この十二歳の普通の男爵家令嬢」のお話が書けたらいいなと思います。


いつもコミックス版でもお世話になっております風華様、連載と同時というお忙しい中、今回も書籍版四巻のイラストをご担当くださいまして、本当にありがとうございました！

一巻、二巻、三巻……と重ねるたびマリアの表情もぐっと豊かになり、今回、四巻のラフ画の第一陣が届いた時は、ますます魅力溢れて素敵になっているッと感激したほどです。しかも難しい組み合わせであったのに、表紙で「マリアとヴァンレット」を描いてくださいまして本当にありがとうございます！

ちなみに、先日、風華様のコミックス版「黒騎士メイド」最新刊の三巻が発売されております！　表紙のマリアもめちゃくちゃ好みドストライクでして、是非、皆様チェックくださいませッ。（風華様、単行本発売おめでとうございます！）

また、今回もコミックス版に書き下ろしＳＳを執筆させて頂いております。今回は胸きゅん有りなサイドのとあるカップリング達のお話となっておりますので、お楽しみ頂けましたら幸いです。

一巻からずっとご一緒しております担当編集者様、今巻でも丁寧なご指導を本当にありがとうございます！　そして素晴らしいご指摘やアドバイスをくださいました校正様（戻しのゲラ確認するたび何度もめちゃくちゃ感謝・感動した）、今回も素敵な表紙など仕上げてくださいましたデザイン様、そして本作にたずさわって頂けた全ての方々に感謝申し上げます。

いつも作品を楽しんでくださっている読者の皆様、温かい応援を本当にありがとうございます。皆様の応援があって、こうして四巻をお届け出来たこと本当に嬉しく思います。

最強の黒騎士～、を好きでいてくれてありがとう。

マリア達を大好きと言ってくれた皆様に、改めてここで深い感謝を。


またいつか、ここで会える日を願いまして。

二〇一九年十二月　百門一新

の転生先は…

イドさん!!!!

書籍◉B6判 発行:幻冬舎コミックス 発売:幻冬舎

戦闘メイドに
転職しました

書籍

最強の黒騎士、♂

百門一新

イラスト／風華チルヲ

マリア16歳、
「戦闘メイド」ですか
バーズコミックス
最強の黒騎士♂、
原作：百門一新 作画：風華チルヲ

最強の黒騎士、戦闘メイドに転職しました 4

2020年1月31日　第1刷発行

著者　百門一新（ももかどいっしん）

イラスト　風華チルヲ

本書の内容は、小説投稿サイト「小説家になろう」(https://syosetu.com/)に掲載された作品を加筆修正して再構成したものです。
「小説家になろう」は㈱ヒナプロジェクトの登録商標です。

発行人　石原正康

発行元　株式会社 幻冬舎コミックス
〒151-0051　東京都渋谷区千駄ヶ谷4-9-7
電話 03(5411)6431(編集)

発売元　株式会社 幻冬舎
〒151-0051　東京都渋谷区千駄ヶ谷4-9-7
電話 03(5411)6222(営業)
振替 00120-8-767643

デザイン　土井敦史 (HIRO ISLAND)

本文フォーマットデザイン　山田知子 (chicols)

製版　株式会社 二葉企画

印刷・製本所　大日本印刷株式会社

ISBN978-4-344-84596-1 C0093 Printed in Japan
幻冬舎コミックスホームページ http://www.gentosha-comics.net